हिन्द पॉकेट बुक्स

हमारा राष्ट्रीय पशु

बाघ

अपनी शालीनता, दृढ़ता, फुर्ती और अपार शक्ति के लिए बाघ को हमारे देश भारत का 'राष्ट्रीय पशु' कहलाने का गौरव प्राप्त है। बाघ की आठ प्रजातियों में से भारत में पाई जाने वाली प्रजाति को 'रॉयल बंगाल टाइगर' के नाम से जाना जाता है। इस पुस्तक को हमने बाघ के जीवन से बच्चों को परिचित कराने के लिए ही तैयार किया है, ताकि इसे पढ़कर उन्हें राष्ट्रीय पशु के बारे में संपूर्ण जानकारी प्राप्त हो जाए।

यह पुस्तक बहुत ही आसान भाषा में है और इसे रोचक ढंग से लिखा गया है, ताकि इसे याद करने में भी आसानी होगी। इसके साथ ही इसमें आकर्षक चित्र भी दिए गए हैं और साथ ही आपकी परीक्षा के लिए प्रश्नोत्तरी, हल कीजिए और अपने ज्ञान की परीक्षा आप स्वयं कीजिए।

लेखक की अन्य पुस्तकें

- हमारे राष्ट्रीय खेल
- हमारा राष्ट्रीय पुष्प कमल
- हमारा राष्ट्रीय पक्षी मोर
- हमारा राष्ट्रीय गीत
- हमारी राष्ट्रीय संस्कृति वैदिक
- हमारा राष्ट्रीय फल आम
- हमारा राष्ट्रीय चिह्न अशोक चक्र
- हमारा राष्ट्रीय वृक्ष बरगद
- हमारी राष्ट्रीय जलचर डॉल्फिन
- हमारी राष्ट्रीय नदी गंगा
- हमारा राष्ट्रीय ग्रंथ गीता
- हमारे राष्ट्रीय पर्व और दिवस
- हमारे राष्ट्रीय स्मारक
- हमारा राष्ट्रीय ध्वज तिरंगा
- हमारे राष्ट्रीय विरासत स्थल
- हमारी राजभाषा हिन्दी
- हमारे नेशनल पार्क
- लोकप्रिय बाल गीत
- हमारे देशभक्ति गीत
- हमारे राष्ट्रीय गीत
- शहीदों के अमर गीत
- महाभारत की कहानियाँ
- पुराणों की कहानियाँ
- रामायण की कहानियाँ
- बेताल पचीसी, दो भागों में
- महापुरुषों का बचपन
- महाराणा प्रताप
- बहादुर बेटी मलाला

सुरुचिपूर्ण एवं प्रेरणादायक सचित्र जानकारियाँ

हमारा राष्ट्रीय पशु

बाघ

तेजपाल सिंह धामा

हिन्द पॉकेट बुक्स

पेंगुइन रैंडम हाउस इम्प्रिंट

हिन्द पॉकेट बुक्स

यूएसए | कनाडा | यूके | आयरलैंड | ऑस्ट्रेलिया | सिंगापुर
न्यू ज़ीलैंड | भारत | दक्षिण अफ्रीका | चीन

हिन्द पॉकेट बुक्स, पेंगुइन रैंडम हाउस ग्रुप ऑफ़ कम्पनीज़ का हिस्सा है,
जिसका पता global.penguinrandomhouse.com पर मिलेगा

पेंगुइन रैंडम हाउस इंडिया प्रा. लि.,
चौथी मंजिल, कैपिटल टावर -1, एम जी रोड,
गुड़गांव 122 002, हरियाणा, भारत

पेंगुइन
रैंडम हाउस
इंडिया

प्रथम हिन्दी संस्करण हिन्द पॉकेट बुक्स द्वारा 2014 में प्रकाशित
यह हिन्दी संस्करण हिन्द पॉकेट बुक्स में पेंगुइन रैंडम हाउस द्वारा 2022 में प्रकाशित

10 9 8 7 6 5 4 3 2

इस पुस्तक में व्यक्त विचार लेखक के अपने हैं, जिनका यथासंभव तथ्यात्मक
सत्यापन किया गया है, और इस संबंध में प्रकाशक एवं सहयोगी
प्रकाशक किसी भी रूप में उत्तरदायी नहीं हैं।

ISBN 9789353491376

मुद्रकः रेप्रो इंडिया लिमिटेड

www.penguin.co.in

FSC www.fsc.org MIX Paper from responsible sources FSC® C047271

This is a legitimate digitally printed version of the book and therefore might not
have certain extra finishing on the cover.

क्रम

बाघ – एक सामान्य परिचय

बाघ यानी कि पैंथरा टाइग्रिस-लिन्नायस, पीले रंगों और धारीदार लोमचर्म वाला एक पशु है। इसे राजसी बाघ, तेंदुआ, टाइग्रिस या धारीदार जानवर भी कहते हैं। अपनी शालीनता, दृढ़ता, फुर्ती और अपार शक्ति के लिए बाघ को 'राष्ट्रीय पशु' कहलाने का गौरव प्राप्त है। बाघ की आठ प्रजातियों में से भारत में पाई जाने वाली प्रजाति को रॉयल बंगाल टाइगर के नाम से जाना जाता है। उत्तर-पश्चिम भारत को छोड़कर बाकी सारे देशों में यह प्रजाति पायी जाती है। भारत के अतिरिक्त यह नेपाल, भूटान और बांग्लादेश जैसे पड़ोसी देशों में भी पाया जाता है।

ऐसा समझा जाता है कि बाघ की उत्पत्ति उत्तरी यूरेशिया में हुई और यह दक्षिण की ओर चला आया था। वर्तमान में यह रूस के सुदूर पूर्वी इलाके से चीन, भारत और दक्षिण पूर्वी एशिया तक पाया जाता है। इसकी सामान्य रूप से मान्य आठ प्रजातियाँ होती हैं। इनमें से जावा बाघ, बाली बाघ और कैरिबयाई बाघ विलुप्त हो गए हैं। चीनी बाघ विलुप्त होने के करीब हैं और सुमात्राई, साइबेरियाई एवं भारतीय उपप्रजातियाँ रेड डेटा बुक की स्थिति निश्चित तौर पर संकटापन्न है। बाघ पर मोटी पीली लोमचर्म का कोट होता है, जिस पर गहरी धारीदार पट्टियाँ होती हैं। बाघ की अयाल नहीं होती,

लेकिन बूढ़े नर के गाल के बाल अपेक्षाकृत लंबे और फैले हुए होते हैं। नर बाघ मादा से बड़ा होता है और इसकी कंधे तक की ऊँचाई करीब 1 मीटर, लंबाई लगभग 2.2 मीटर, पूंछ करीब 1 मीटर लंबी, और वजन लगभग 160 से 230 किलोग्राम या ज्यादा-से-ज्यादा लगभग 290 किलोग्राम होता है। सफेद बाघों में सभी पूर्णरूपेण सफेद नहीं होते, इनमें से लगभग सभी भारत में विंध्य और कैमूर पर्वत शृंखलाओं में पाए जाते हैं।

काले बाघ के पाए जाने की भी खबर है। ये म्यांमार, बांग्लादेश और पूर्वी भारत के घने जंगलों में कभी-कभी पाए जाते हैं। बाघ घास वाले दलदली इलाकों और जंगलों में रहता है। यह महलों या मंदिरों जैसी इमारतों के खंडहरों में भी पाया जाता है। शक्तिशाली और आमतौर पर एकांत प्रिय यह विडाल एक अच्छा तैराक है और लगता है कि इसे नहाने में मजा आता है, विपत्ति में यह पेड़ पर चढ़ सकता है।

बाघ की प्रजातियाँ

पेंथेरा टाइग्रिस, नियोफेलिस टाइग्रिस या लियो टाइग्रिस, एशिया की विशालकाय बिल्ली, विडाल कुल (फीलीडी) का सबसे बड़ा सदस्य है। शेर, तेंदुआ और अन्य की तरह बाघ बड़े और दहाड़ने वाले विडालों में से एक है। ताकत और उग्रता में इसका एकमात्र प्रतिद्वंद्वी केवल सिंह है। विश्व में सबसे बड़े विडाल वंशी, बाघ (पेंथेरा टाइग्रिस) से अधिक हिंसक कोई जानवर नहीं है और कोई भी इससे ज्यादा डर पैदा नहीं करता। ऐमूर बाघ (पी.टी. अटलांटिका) की प्रजाति का वजन 300 किलोग्राम तक और नाक से पूँछ तक लंबाई चार मीटर पाई गई है।

ज्ञात आठ किस्मों की प्रजाति में से शाही बंगाल टाइगर (बाघ) उत्तर पूर्वी क्षेत्रों को छोड़कर देश भर में पाया जाता है और पड़ोसी देशों में भी पाया जाता है जैसे नेपाल, भूटान और बांग्लादेश। भारत में बाघों की घटती जनसंख्या की जाँच करने के लिए अप्रैल 1973 में प्रोजेक्ट टाइगर (बाह्य परियोजना) शुरू की गई। अब तक इस परियोजना के अधीन बाघ के 27 आरक्षित क्षेत्रों की स्थापना की गई है, जिनमें 37,761 वर्ग किलोमीटर क्षेत्र शामिल है। बाघ प्रजाति कुल 8 थी, जिनमें से शायद 5 ही बची हैं।

टीग्रीज (पेंथेरा टाइग्रिस) – भारतीय या बंगाल टाइगर सबसे पॉपुलर है। अधिकतर पूर्वी भारत और बांग्लादेश के सुंदरवन के मंग्रोव फॉरेस्ट में रहते हैं। कुछ भूटान, म्यांमार और नेपाल में रहते हैं। नर बाघों का वजन करीब 227 किलो और मादा बाघों का करीब 137 किलो होता है। सफेद बाघ नर की श्रेणी का होता है। यह लुप्तप्राय की श्रेणी में आता है।

पी.टी. कोर्बेटाई या भारतीय चीनी बाघ – ये आमतौर पर – थाईलैंड में पाए जाते हैं, लेकिन म्यांमार, दक्षिण चीन, कंबोडिया, लाओस, वियतनाम और मलेशिया में भी हैं। ये बंगाल टाइगर्स से आकार में छोटे और गहरे होते हैं। इन नर बाघ का वजन करीब 182 किलो और मादा का करीब 137 किलो होता है। नर 9 फुट लंबे और मादा 8 फुट लंबी होती हैं। यह भी लुप्तप्राय हैं।

पी.टी. सुमात्राई या सुमात्राई बाघ – ये सबसे छोटे और डार्क (गहरे) होते हैं, लाल रंग के और इनके शरीर पर पास-पास धारियाँ होती हैं। इनका वजन 114 किलो होता है। ये सुमात्रा में पाए जाते हैं। ये भी लुप्तप्राय हैं।

साइबेरियन (एलटेशिया) – ये सबसे ऊँचे होते हैं। इनका वजन 307 किलो और ऊँचाई 11 फुट होती है। रिकॉर्ड में अब तक सबसे भारी साइबेरियन बाघ 466 किलो का रहा है। ये मुख्यतः उत्तरी-पूर्व रूस के इलाके में पाए जाते हैं। ये 33 फुट ऊँची छलांग लगा सकने की क्षमता वाले होते हैं। ये भी खतरे में हैं।

जवन (सोनडायका) – जावा में कभी ये पाए जाते थे। 1972 में अंतिम बार दिखने वाले इन बाघों को लुप्त मान लिया गया है।

दक्षिणी चीन (एमोयेनसिस) – चीन के चिड़ियाघरों में ये बचे हैं और कुछ वहाँ के जंगलों में। चीन के मध्य और पूर्वी हिस्से में पाए जाते हैं। ये भी खतरे में हैं।

कैस्पियन (वरगाटा) – तुर्की से एशिया के केंद्रीय हिस्से तक विचरने वाले ये टाइगर्स ईरान, मंगोलिया और केंद्रीय रूस तक दिखते थे। 1950 वें दशक के बाद ये दिखे ही नहीं।

बाली (बलिका) – बाली द्वीप पर रहने वाले अंतिम बाली टाइगर को 1937 में मार दिया। जिंदा बाली टाइगर की तो कोई तस्वीर ही नहीं है।

स्थान और प्रजाति के अनुसार बाघ के आकार और विशिष्ट रंग एवं धारीदार चिह्न में भी परिवर्तन होता है। उत्तर के मुकाबले दक्षिण के बाघ छोटे और ज्यादा भड़कीले रंग के होते हैं।

बंगाल टाइगर (पी. टाइग्रिस) और दक्षिण-पूर्वी एशिया के द्वीपों के बाघ, उदाहरण के तौर पर, कुछ-कुछ लाल और भूरे रंग के, लगभग गहरी काली सुंदर अनुप्रस्थ धारियों वाले होते हैं। भीतरी हिस्से, पैर के अंदर की ओर, गाल और दोनों आँखों के ऊपर एक बड़ा सफेद-सा धब्बा होता है, लेकिन उत्तरी चीन और रूस के बहुत

बड़े और दुर्लभ साईबेरियाई बाघों (पी. टाइग्रिस एल्टाइका) के बाल लंबे, मुलायम और हल्के पीले होते हैं।

कुछ काले और सफेद बाघ भी होते हैं और केवल एक पूर्णतः सफेद बाघ की ही जानकारी मिली है।

पारिवारिक इकाई

गर्म इलाकों में बाघ वर्ष भर बच्चे पैदा करते हैं और ठंडे इलाकों में ये वसंत के मौसम में प्रजनन करते हैं। इनकी औसत गर्भावधि 113 दिन की होती है और एक बार में 2 या 3 शावक (बच्चे) पैदा होते हैं। शावक धारीदार होते हैं और माँ के साथ तब तक रहते हैं, जब तक वे वयस्क होकर अपने आप शिकार करने में समर्थ न हो जाएँ।

शावक जब तक आत्मनिर्भर नहीं हो जाते, बाघिन दुबारा प्रजनन नहीं करती। बाघ की औसत आयु करीब 11 साल होती है।

कैद में रहने पर अत्यधिक निकट संबंध के कारण बाघ और सिंह का संकर पैदा हो सकता है। ऐसे प्रजनन में यदि बाघ पिता है, तो शावक टिगॉन और यदि सिंह पिता है, तो शावक टाइगर कहलाता है।

100 दिन की गर्भावधि के बाद शावक पैदा होते हैं। एक बार में दो से चार शावक पैदा होते हैं। शावक अंधे पैदा होते हैं और जब उनकी आँखें खुली भी रहती हैं, तब भी वे अपारदर्शिता के कारण छह से आठ हफ्ते तक स्पष्ट रूप से नहीं देख पाते। इस कारण दूध-छुड़ाई, संरक्षण और प्रशिक्षण का लंबा समय होता है, जिसके दौरान शावक की मृत्यु दर अधिक होती है, विशेष रूप से यदि खाने की भी कमी हो। शिकार पर जाने के कारण लंबे समय तक माँ की अनुपस्थिति और कभी-कभी खाना उपलब्ध होने की स्थिति में ताकतवर शावकों की आक्रामकता के कारण कमजोर शावकों को कम भोजन मिलता है।

नर शावक मादा शावकों की तुलना में ज्यादा तेजी से बढ़ते हैं और अपनी माँ को जल्दी छोड़ देते हैं। शिकार करने का कौशल आंशिक रूप कैद में पाले-पोसे गए बाघों को यदि वनों में छोड़ा गया, तो वे अच्छी तरह से अपना भरण-पोषण नहीं कर पाते हैं। हालांकि मुख्य रूप से नर द्वारा शावकों की हत्या की बात का पता चलता है, लेकिन बाघिन और शावकों के साथ नर के होने, यहाँ तक कि शिकार में हिस्सेदारी असामान्य बात नहीं है। लेकिन यह साथ लंबे समय तक नहीं रहता।

बाघ का भोजन

शिकार करने और भर पेट खाने के बाद बाघ बची हुई लाश को गिद्ध और अन्य अपमार्जकों से छुपाने का जान-बूझकर प्रयास करता है, जिससे भविष्य में भी खाना मिल सके। वह अन्य बाघों या तेंदुओं द्वारा मारे गए शिकार को ले जाने में भी नहीं झिझकता और कभी-कभी वह सड़ा मांस भी खा लेता है। बाघ रात को शिकार करता है। चीतल, हिरन, जंगली सूअर एवं मोर सहित विभिन्न प्रकार के जानवरों को अपना शिकार बनाता है। साधारणतः यह हृष्ट-पुष्ट बड़े स्तनधारियों पर हमला नहीं करता, यद्यपि ऐसी घटनाएँ हैं, जब बाघ ने हाथी या जवान भैंसे पर हमला किया। बाघ कभी-कभी मानव बस्तियों से भी पालतू जानवरों को उठाकर ले जाता है। बूढ़ा या विकलांग बाघ या शावकों वाली बाघिन मनुष्य का आसानी से शिकार कर सकते हैं तथा नरभक्षी बन जाते हैं।

भारत में बाघ

खत्म होते जंगल और शिकारियों पर अंकुश न होने से राष्ट्रीय पशु और जंगल के राजा बाघ की संख्या लगातार कम होती जा रही है। देश के सभी अभयारण्य में लगातार इनकी संख्या कम होती जा रही है। आधिकारिक आँकड़ों के अनुसार बीसवीं सदी के शुरू में देश में 40 हजार से ज्यादा बाघ थे। सदी के शुरुआती सात दशकों में अंधाधुंध शिकार और जंगलों के सिमटने के कारण 1972 में बाघों की संख्या घटकर 1872 रह गई। बाघों की इस तरह गिरती संख्या पर केन्द्र सरकार ने 1973 में नौ टाइगर रिजर्व इलाकों में बाघ बचाओ योजना शुरू की। इसमें उत्तर प्रदेश तथा अब उत्तराखंड का जिम कार्बेट बाघ संरक्षित वन क्षेत्र भी शामिल था। उत्तर प्रदेश में राज्य में 26 हजार हेक्टेयर से ज्यादा वन इलाके पर अतिक्रमण हो गया है। राज्य में बाघों के रहने का एकमात्र स्थान 'दुधवा टाइगर रिजर्व' में भी 827 हेक्टेयर जमीन पर गैरकानूनी कब्जा हो चुका है।

उत्तर प्रदेश में जब 1990 में गिनती हुई तो बाघों की संख्या 240 थी। वर्ष 2001 में हुई गणना में 284 बाघ थे जिनमें 123 नर, 132 मादा और 29 शावक थे। दो साल बाद 2003 में हुई गिनती में इनकी संख्या स्थिर रही और दो साल में सिर्फ एक बाघ कम मिला। उस समय पाए गए 283 बाघ में 92 नर, 162 मादा और 29 शावक थे। वर्ष 2005 की गिनती में दस बाघ कम हुए और इनकी संख्या 273 हो गई। वर्ष 2007 में कराई गई गिनती के परिणाम 2008 में आए और इनकी संख्या 109 हो गई।

बाघों की गिनती पहले उनके पंजों के निशान के आधार पर होती थी, लेकिन 2007 की गणना में नई पद्धति का इस्तेमाल किया

गया। गिनती के इस तरीके को ज्यादा विश्वसनीय माना गया। कुछ लोगों ने कैमरा ट्रैप पद्धति पर यह कह कर सवाल उठाया कि इसमें कैमरे जमीन से डेढ़ फुट ऊपर लगे होते हैं और शावक उसकी रेंज में नहीं आ पाते। शहरीकरण, औद्योगिकी विकास की रफ्तार ने दुनिया भर में जल, जंगल, जमीन को नुकसान पहुँचाया है। इससे सर्वाधिक हानि पर्यावरण एवं उसको बनाए रखने में प्रमुख भूमिका निभाने वाले अन्य प्राणियों की हुई। जंगल में जबरन घुसे विकास ने जानवरों के अस्तित्व पर ही प्रश्नचिह्न लगाने की प्रक्रिया शुरू कर दी। परिणामस्वरूप वन्य प्राणी लगातार खत्म होते जा रहे हैं। कुछ जीव जंतु समाप्त हो गए और कुछ जानवरों की कई प्रजातियाँ लुप्तप्राय होने की कगार पर है। ऐसे में छोटे-छोटे वन्य प्राणियों से लेकर जंगल के राजा शेर (बाघ) तक सबके लिए अपनी जान बचाए रखना मुश्किल हो गया है। बाघ संरक्षण के सरकारी इंतजाम सफेद हाथी साबित हो रहे हैं।

निवास का विशेष इलाका

बाघ विशेषकर नर अपना इलाका स्थापित व कायम करने की कोशिश करते हैं, जिसका आकार व स्वरूप शिकार की संख्या और फैलाव, इलाके में अन्य बाघों की उपस्थिति, भू-भाग की प्रकृति, पानी की उपलब्धता, जलवायु तथा व्यक्तिगत विशेषताओं पर निर्भर करता है। बाघ एक-दूसरे से दूरी और अपने इलाके का कब्जा, दहाड़ने, भूमि खुरचने, पेड़ों पर पंजों के निशान, विष्ठा निक्षेपण, चेहरे की ग्रथियों को रगड़कर गंध निक्षेपण तथा गुदा ग्रंथियों से निकाली गंध एवं मूत्र के मिश्रण के छिड़काव से हासिल करता है। इस जाति की एकांतप्रियता भी क्षेत्र संघर्ष को टालने में मदद करती है। फिर

भी संघर्ष होता है, जो कभी चोट या मृत्यु का भी कारण बन जाता है। बाघ विशेष शिकार को प्राथमिकता देता है। आमतौर पर अपने शरीर के वजन के बराबर वजन वाली प्रजातियाँ, जैसे सांबर, दलदली हिरन और जंगली सूअर आदि को। काँटों से घायल होने के खतरे के बावजूद साही के प्रति विशेष रुचि एक अपवाद है कई इलाकों में केवल अपनी अधिक संख्या के कारण चीतल, बाघ के आहार का मुख्य भाग है।

प्रकृति संतुलन में बाघ की भूमिका

सर्वोच्च परभक्षी होने के कारण बाघ प्रकृति की नियंत्रण और संतुलन योजना में प्रमुख भूमिका निभाता है। शिकार किए जाने वाले जानवरों के अलावा यह अपने इलाके के अन्य परभक्षी तेंदुए की संख्या पर भी नियंत्रण रखता है। इसके विपरीत शिकार होने वाली प्रजातियों

की स्थिति का भी बाघ की संख्या और वितरण पर असर पड़ता है, लेकिन उतना नहीं जितना प्राकृतिक शिकार पर पूरी तरह निर्भर परभक्षी प्रजातियों, जैसे जंगली कुत्ते और मेघश्याम तेंदुए पर पड़ता है, क्योंकि बाघ पालतू जानवरों को भी खाता है।

देवी दुर्गा का वाहन

बाघ देवी दुर्गा का वाहन है। जीववाद का अनुसरण करने वाले कुछ जनजातीय समुदाय अब भी बाघ को पूजते हैं और उसके आवासीय क्षेत्र में रहने वाले उसे भय और श्रद्धा से देखते हैं। सिंधु घाटी सभ्यता की मुहरों में बाघ को दर्शाया गया है। प्राचीन काल में गुप्त सम्राटों में से सबसे महान समुद्रगुप्त के विशेष सोने के सिक्के में उन्हें बाघ का वध करते हुए दिखाया गया है। अपने प्रबल शत्रु अंग्रेजों को हरा न सकने के कारण टीपू सुल्तान ने अपनी कुंठा को दूर करने के लिए अंग्रेज सैनिक का शिकार करता हुआ जीवित बाघ जितना बड़ा और आवाज निकालने वाला बाघ का खिलौना मंगवाया था। एशियाई कला और दंत कथाओं में हाथी और सिंह के बाद बाघ जितना चित्रण किसी अन्य वन्य पशु का नहीं हुआ है। वैज्ञानिक प्रमाणों के विपरीत बाघ के अंगों को ताबीज, खुराक या औषधि के रूप में इस्तेमाल करने की वर्तमान प्रथा बाघ के प्रभामंडल तथा सहस्राब्दियों से उसके प्रति भय से उपजे विश्वास को दर्शाता है। चीनी पंचाग का प्रत्येक 12वाँ साल व्याघ्र वर्ष के रूप में मनाया जाता है और इसमें जन्मे बच्चे विशेष रूप से भाग्यशाली और शक्तिशाली माने जाते हैं।

बाघ दंतकथाओं और अंधविश्वासों का विषय रहा है। खेल और खाल के लिए इसका शिकार किया जाता है। जहाँ यह पाया

जाता है, वहाँ अपने विभिन्न अंगों के कथित रोगनाशक, संरक्षी या कामोत्तेजक गुणों के कारण इसे महत्त्वपूर्ण माना जाता है।

आजाद हिन्द और बाघ ध्वज की कथा

आजाद हिन्द फौज स्थापना दिवस 21 अक्टूबर को बनाया जाता है। 'नेताजी' के नाम से विख्यात सुभाष चन्द्र ने सशक्त क्रान्ति द्वारा भारत को स्वतंत्र कराने के उद्देश्य से 21 अक्टूबर, 1943 को

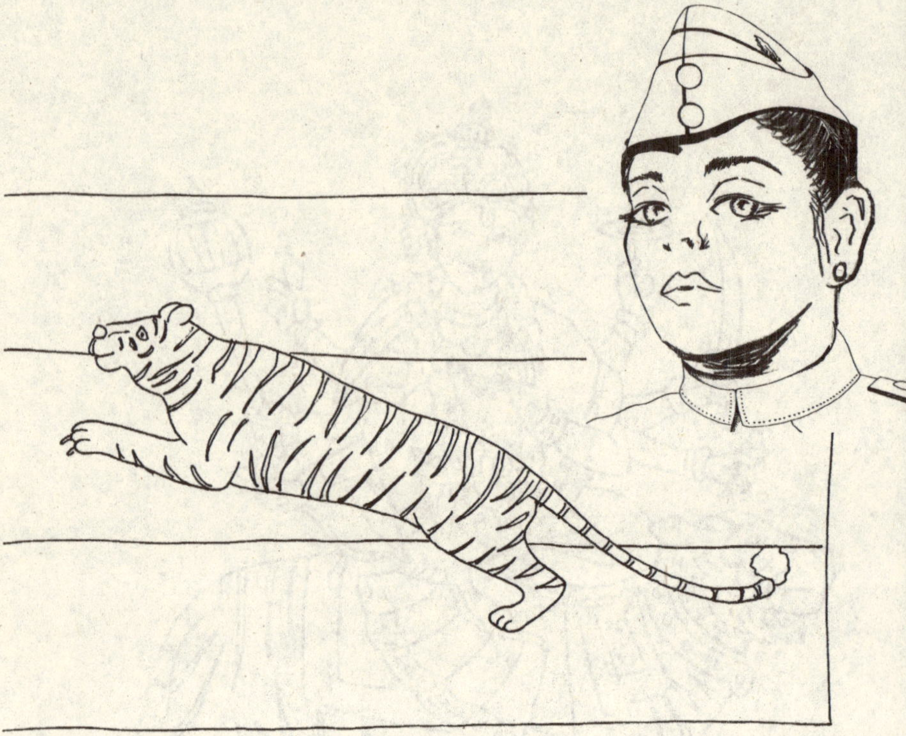

'आजाद हिन्द सरकार' की स्थापना की तथा 'आजाद हिन्द फौज' का गठन किया, इस संगठन के प्रतीक चिह्न पर एक झंडे पर दहाड़ते हुए बाघ का चित्र बना होता था। इसकी भी एक कहानी है, जो इस प्रकार है –

"बचाओ...बचाओ...बचाओ..." समुद्र में एक किशोरी डूबते हुए चिल्ला रही थी, लेकिन लोग खामोश खड़े तमाशा देख रहे थे। कोई भी उसे बचाने के लिए आगे नहीं बढ़ा।

अचानक ही एक युवा समुद्र में कूद पड़ा और लहरों को चीरता हुआ आगे बढ़ा। थोड़ी ही देर में वह समुद्री लहरों से संघर्ष करता हुआ उस लड़की के पास जा पहुँचा और उसे सकुशल निकाला। तट पर लाकर औंधा लिटा दिया गया, ताकि उसके अंदर गया समुद्री

जल निकल जाए। थोड़ी ही देर में उस लड़की को होश आ गया, "भैया!" उस लड़की ने कहा, "तुम शालीनता, दृढ़ता, फुर्ती और अपार शक्ति के मामले में बाघ से भी बढ़कर हो, मैं तुम्हारे साहस को प्रणाम करती हूँ। तुमने मुझ पर बड़ा उपकार किया कै, मैं तुम्हारा यह एहसान जीवन-भर नहीं भुलूँगी, यह कर्ज रहा तुम्हारा, एक दिन अवश्य चुका दूँगी।"

"जब तुमने मुझे भाई कह दिया, तो फिर बहन के ऊपर भाई का कर्ज कैसा?" वह युवक बोला, "चलो उठो और राखी बांध दो, आज रक्षा बंधन है।"

वह लड़की उठी, लेकिन उसके पास उस समय राखी तो थी नहीं, उसने कुछ सोचा और अपने सिर के कुछ बाल तोड़ उस युवक को बांधते हुए बोली, "भइया लो बांध दी राखी, इन्हीं बालों को रेशम के धागे समझना।"

"मैं धन्य हो गया बहन!" युवक ने पूछा, "बहन क्या नाम है तुम्हारा और जब तैरना नहीं आता तो समुद्र के जल में क्यों कदम बढ़ाए?"

"भइया मेरा नाम नीरा है और मुझे तैरना तो आता है, लेकिन कभी समुद्र में नहीं तैरी थी। गाँव में एक छोटी नहर है, कभी-कभी सखियों के साथ उसमें तैरने का लुत्फ उठाया करती थी।"

"अच्छा, कहाँ पड़ता है तुम्हारा गाँव?"

"मेरठ का नाम सुना है आपने?"

"मेरठ, अर्थात् मंगल पाण्डे की पवित्र भूमि!" उस युवक ने कहा, "भला मेरठ को कौन नहीं जानता, आजादी का पहला स्वतंत्रता संग्राम तो वहीं से शुरू हुआ था, जिसकी मशाल आज तक जल रही है और जब तक जलती रहेगी, तब तक देश आजाद नहीं हो जाता।"

"उसी मेरठ जिले का एक गाँव है खेकड़ा, वैसे मेरठ से दूर और दिल्ली के नजदीक है मेरा गाँव।"

"इतनी दूर से तुम यहाँ कैसे आई?"

"मेरे पिताश्री सेठ छज्जूमल एक व्यापारी हैं, वे व्यापार के सिलसिले में कोलकाता आए हुए हैं। वे तो किसी पार्टी से डील करने के लिए मीटिंग में व्यस्त हैं और मैं तैरने का लुत्फ उठाने के लिए यहाँ आ गयी थी, दुर्भाग्य से समुद्र की एक जोरदार लहर के आगे संतुलन न रख सकी और डूबने लगी, लेकिन सौभाग्य से आपने आकर बचा लिया।" आपका क्या नाम है भइया।"

"मेरा नाम सुभाष है बहन।" उस युवक ने कहा, "अच्छा चलो तुम्हें तुम्हारे पिताश्री के पास पहुँचा दूँ।"

"नहीं रहने दो भइया, मैं चली जाऊँगी।"

समय अपनी गति के साथ गुजरता गया। नीरा किशोरी से युवती बन गयी और श्रीकांत नामक युवक से विवाह करके अपनी ससुराल चली। श्रीकांत भारतीय गुप्तचर विभाग में वरिष्ठ अधिकारी थे। उन्होंने अपनी सूचनाओं द्वारा कितने ही क्रांतिकारियों को पकड़वाया था।

पहले उन्हें राजा महेंद्रप्रताप की जासूसी करने के लिए अफगान भेजा गया, लेकिन बाद में नेताजी की जासूसी करने का काम उन्हें सौंपा गया। यह सुभाष वही युवक थे, जिन्होंने कभी नीरा की जान बचाई थी और उसी नीरा के पति सुभाष के खिलाफ जासूसी करने और संभव हुआ तो हत्या तक का षड्यंत्र रचने के लिए रवाना हुए, तो उसकी पत्नी ने टोका, "जानते भी हो तुम क्या करने जा रहे हो?"

"क्या करने जा रहा हूँ मैं," श्रीकांत ने नीरा ने कहा, "एक

राजद्रोही के खिलाफ जासूसी और संभव हुआ तो उसकी हत्या करने से भी नहीं चुकूँगा, क्योंकि यदि मैं उसकी हत्या करने में कामयाब रहा तो जानती हो कितना रुपया मिलेगा?"

"कितना रुपया मिलेगा?" नीरा ने कटाक्ष भरे शब्दों में पूछा।

"पूरे दो लाख रुपया," श्रीकांत ने प्रसन्नचित् होकर कहा, "आने वाली सात पीढ़िया खाएँगी, इतना रुपया होता है दो लाख।"

"और आने वाली हजार पीढ़ियाँ तुम्हारे नाम पर थूकेंगी," नीरा ने गंभीर होकर कहा, "सरकारी नौकरी छोड़ क्यों नहीं देते, ऐसी नौकरी से क्या लाभ जो अपने ही लोगों के खिलाफ काम करने को विवश करे।"

"अपने लोगों के खिलाफ कहाँ, राजद्रोहियों और आतंकवादियों के खिलाफ।"

"राजद्रोही," नीरा की आँखें रक्ताभ हो गयी थी, "जिन्हें तुम राजद्रोही या आतंकवादी कहते हो, वे देशभक्त हैं, महान देशभक्त।"

"देशभक्त और वे भी रानी विक्टोरिया के गद्‌दार!" कहकर कुटिल-सी हँसी हँसे श्रीकांत।

"मैं कहती हूँ श्रीकांत, तुम्हें दो लाख चाहिए," नीरा ने गंभीर होकर कहा, "या फिर अपनी धर्मपत्नी नीरा?"

"क्या मैं पूछ सकता हूँ, तुम्हें सुभाष से इतनी ज्यादा हमदर्दी क्यों है डार्लिंग?"

"क्योंकि वह मेरा भाई है?"

"सुभाष और तुम्हारा भाई? बात कुछ हज़म नहीं हुई।"

"एक दिन उसने मेरी जान बचाई थी।" और फिर नीरा ने उसे सारा किस्सा कह सुनाया।

"लेकिन आज वह देश का दुश्मन है। इसलिए ऐसे भाई से हमदर्दी क्या ठीक है?"

"देश का दुश्मन वह नहीं, देश का दुश्मन तुम हो?" नीरा ने कहा, "मैं अंतिम बार कहती हूँ सरकारी नौकरी या मैं, दोनों में से एक को चुन लो।

"तो फिर सरकारी नौकरी ही सही!"

"ठीक है तो मैं अपने पिताश्री के घर जा रही हूँ।" कहकर नीरा अपना सामान पैक करने लगी।

उधर, क्रांतिकारी गतिविधियों के कारण नेताजी सुभाषचंद्र बोस को अपने ही घर में बंदी बनाया गया था, फिर भी अंग्रेजों की आँखों में धूल झोंककर एक मौलाना के रूप में वे पहरेदारों के सामने से घर से बाहर निकल गये और उत्तर-पश्चिमी सीमा प्रांत की राजधानी पेशावर पहुँच गए। वहां कुछ मित्रों की सहायता से गूंगे पठान का वेश धरण कर अफगानिस्तान की सरहद में पहुँच गए। वहाँ अंग्रेज गुप्तचरों की आँखों से बचते-बचाते काबुल के जर्मन दूतावास पहुंच गये। वहाँ से मदद लेकर वे बर्लिन पहुँचे और वहाँ अकेले भारत भारत के सर्वोच्च नेता के रूप में हिटलर से मिले। उनकी सहायता से वे भारत की आजादी के लिए सेना का संगठन करना चाहते थे। उन्होंने अपनी इच्छा बताते हुए हिटलर से कहा, "भारत को आजाद कराने के लिए मैं आपसे सहायता लेने के उद्देश्य से आया हूँ।" हिटलर ने भी उन्हें मदद देने का आश्वासन दिया।

जून 1943 में सुभाष बाबू टोक्यो आ गये और 2 जुलाई को सिंगापुर के लिए उड़ान भरी। सिंगापुर में एयरपोर्ट पर यल्याप्पा डॉ. लक्ष्मी, शाहनवाज खान और अन्य सब लोग नेताजी की उत्सुकता से प्रतीक्षा कर रहे थे। हिन्दुस्तानी और जापानी सैन्याधिकारी भी

सावधान की मुद्रा में सुभाष बाबू के आने की राह ताक रहे थे। कर्कश आवाज करते विमान नीचे उतरा और हवाई पट्टी पर दौड़ने लगा। उसके रुकते ही सब रोमांचित होकर उनसे मिलने के लिए आगे बढ़े।

सबकी नजरें सुभाष बाबू पर ही केंद्रित थीं। विमान से उतरते हुए सुभाष बाबू देवदूत से प्रतीत हो रहे थे। लोगों का प्रेम और उत्सुकता देखकर सुभाष बाबू का मन हर्षित हो उठा।

उन्होंने लोगों को संबोधित करते हुए कहा, “बंधुओं आप लोगों के बीच आकर मुझे अत्यंत हर्ष का अनुभव हो रहा है। हमें अपनी जन्मभूमि को गुलामी से मुक्त करना है, एक नया इतिहास रचना है।”

जमादार रामसिंह ने वायलिन पर मधुर सुर छेड़ा। कुमारी सरस्वती ने प्यारे नेताजी की ओर हाथ उठाकर गान आरंभ किया –

“सुभाष जी, सुभाष जी
जाने हिंद आ गये,
है नाज जिनको हिंद पे
वो मानो हिंद आ गये।”

विमान तल पर नेताजी, रास बाबू, आबीर हसन, जापानी सैनिक सब उपस्थित थे। एक पत्रकार ने नेताजी से पूछा, “कल के हिंदुस्तान में आप किस प्रकार की शासन व्यवस्था पसंद करेंगे? लोकतंत्र या तानाशाही?”

नेताजी ने कहा, “तुम लोग जिसे लोकतंत्र का जनक मानते हो, उस ब्रिटेन को विश्व की बीस प्रतिशत आबादी वाले हिंदुस्तान की जनता के सिर पर पैर रखकर, उनके अधिकार छीनकर, उनकी संस्कृति को मिटाकर अपना अधिकार बताने का, उन पर शासन

करने का क्या अधिकार है? ऐसी तानाशाही करके वे लोग स्वयं को लोकतंत्र के समर्थक किस प्रकार बता सकते हैं? फिर भी वे झूठे और दिखावटी न्याय प्रक्रिया द्वारा स्वयं को न्यायी और लोकतंत्र समर्थक के रूप में अपना प्रचार करते हैं।"

बाद में बातों-बातों में रास बिहारी बोस ने नेताजी से कहा, "सुभाष बाबू अब मैं थक गया हूँ। अब सारे सूत्र तुम्हीं संभालो।"

"ऐसा फिर मत कहिए।"

"नहीं रे सुभाष! सच में, एकदम थक गया हूँ।"

"रास बाबू आप जैसे क्रांतिकारियों से मुझे बहुत कुछ सीखना है। आपको मेरा मार्गदर्शन करना है, अभी से ऐसी बात करके मुझे निराश और हताश मत कीजिए।"

और फिर 4 जुलाई को रासबिहारी बोस ने उन्हें आजाद हिंद फौज का सेनापति बना दिया। नेताजी ने आजाद हिंद फौज का सेनापति बनते ही भारतीयों से आजादी की लड़ाई लड़ने के लिए उसमें भर्ती होने का आह्वान किया। हजारों-लाखों की संख्या में युवक और युवतियाँ आजाद हिंद फौज में भर्ती होने के लिए सिंगापुर कूच करने लगे। नीरा भी सिंगापुर जा पहुँची।

सिंगापुर के पड़ांग मैदान में नेताजी का अभिनंदन होने वाला था। सिंगापुर की सड़क पर सुभाष बाबू की मोटर दौड़ रही थी। नेताजी फौजी वेश में थे। साथ में रास बिहारी बोस और कर्नल भोसले भी थे। आगे-आगे दस-बारह मोटरसाइकिलों का एक दस्ता चल रहा था। पीछे कुछ फौजी गाड़ियां चल रही थीं। उनके शरीर पर एक सादी, परन्तु सलीके से सिली हुई खादी की फौजी शैली की कमीज और सिर पर खादी की फौजी टोपी, जिस पर दो सादे बटन थे सुशोभित थी। पाँवों से लेकर घुटनों तक लम्बे चमड़े के जूते, जाँघों पर फूली

हुई और घुटनों से नीचे चुस्त खाकी पतलून। कोट के दाहिने भाग में छाती पर बिल्ले लगे थे, एक पर तिरंगा अंकित था और दूसरे पर अखंड हिन्दुस्तान का नक्शा था। उनके दर्शनों के लिए फौजियों के साथ-साथ नगर के लोग भी आये थे।

भीड़ को देखकर नेताजी का प्रश्न था, "हिंदमाता की रक्षा के निमित्त मृत्यु को गले लगाने के लिए आपमें से कितने लोग तैयार हैं? बोलिए।"

नेताजी के आह्वान के साथ फौजियों ने अपनी राइफलें ऊपर उठा लीं। सब खड़े हो गये और चलो दिल्ली! चलो दिल्ली! के नारे लगाने लगे। नेताजी का हृदय गर्व से भर उठा। रुंधे कंठ से उन्होंने कहा, "मेरे बहादुर भाइयों! आज मैं बड़े आनंद और अभिमान से सारे संसार के सामने घोषित करता हूँ। देखो हिंदुस्तान की स्वतंत्रता के लिए हमारी संग्राम सेना सज गई है। भाइयों इतिहास जैसा दूसरा कोई गुरु नहीं होता। मैंने अपने पूज्य गुरु देशबंधु चितरंजन से सीखा है कि प्रत्येक साम्राज्य का जैसे उत्थान होता है, वैसे ही पतन भी होता है। आज अंग्रेजों के इस सिंगापुर के कब्रिस्तान में खड़ा होकर मैं कहता हूँ अब अंग्रेजों की प्रभुसत्ता की कथा समाप्त होकर इतिहास के पन्नों में बंद हो गई।"

नेताजी ने जो भाषण दिया, वह मूल रूप से इस प्रकार है –

"दोस्तों! बारह महीने पहले पूर्वी एशिया में भारतीयों के सामने 'संपूर्ण सैन्य संगठन' या अधिकतम बलिदान का कार्यक्रम पेश किया गया था। आज मैं आपको पिछले साल की हमारी उपलब्धियों का ब्योरा दूँगा तथा आने वाले साल की हमारी माँगें आपके सामने रखूँगा। परंतु ऐसा करने से पहले मैं आपको एक बार फिर यह एहसास कराना चाहता हूँ कि हमारे पास आजादी हासिल करने का

कितना सुनहरा अवसर है। अंग्रेज एक विश्वव्यापी संघर्ष में उलझे हुए हैं और इस संघर्ष के दौरान उन्होंने कई मोर्चों पर मात खाई है। इस तरह शत्रु के काफी कमजोर हो जाने से आजादी के लिए हमारी लड़ाई उससे बहुत आसान हो गई है, जितनी वह पांच वर्ष पहले थी। इस तरह का अनूठा और ईश्वर-प्रदत्त अवसर सौ वर्षों में एक बार आता है। इसीलिए अपनी मातृभूमि को ब्रिटिश दासता से छुड़ाने के लिए हमने इस अवसर का पूरा लाभ उठाने की कसम खाई है।

"हमारे संघर्ष की सफलता के लिए मैं इतना अधिक आशावान हूँ, क्योंकि मैं केवल पूर्व एशिया के 30 लाख भारतीयों के प्रयासों पर निर्भर नहीं हूँ। भारत के अंदर एक विराट आंदोलन चल रहा है तथा हमारे लाखों देशवासी आजादी हासिल करने के लिए अधिकतम दुःख सहने और बलिदान देने के लिए तैयार हैं। दुर्भाग्यवश, सन् 1857 के महान् संघर्ष के बाद से हमारे देशवासी निहत्थे हैं, जबकि दुश्मन हथियारों से लदा हुआ है। आज के इस आधुनिक युग में निहत्थे लोगों के लिए हथियारों और एक आधुनिक सेना के बिना आजादी हासिल करना नामुमकिन है। ईश्वर की कृपा और उदार नियम की सहायता से पूर्वी एशिया के भारतीयों के लिए यह संभव हो गया है कि एक आधुनिक सेना के निर्माण के लिए हथियार हासिल कर सकें।

"इसके अतिरिक्त, आजादी हासिल करने के प्रयासों में पूर्वी एशिया के भारतीय एकसूत्र में बंधे हुए हैं तथा धार्मिक और अन्य भिन्नताओं का, जिन्हें ब्रिटिश सरकार ने भारत के अंदर हवा देने की कोशिश की, यहाँ पूर्वी एशिया में नामोनिशान नहीं है। इसी के परिणामस्वरूप आज परिस्थितियों का ऐसा आदर्श संयोजन हमारे

पास है, जो हमारे संघर्ष की सफलता के पक्ष में है – अब जरूरत सिर्फ इस बात की है कि अपनी आजादी की कीमत चुकाने के लिए भारती स्वयं आगे आएं। 'संपूर्ण सैन्य संगठन' के कार्यक्रम के अनुसार मैंने आपसे जवानों, धन और सामग्री की मांग की थी। जहाँ तक जवानों का संबंध है, मुझे आपको बताने में खुशी हो रही है कि हमें पर्याप्त संख्या में रंगरूट मिल गए हैं। हमारे पास पूर्वी एशिया के हर कोने से रंगरूट आए हैं – चीन, जापान, इंडोचीन, फिलीपींस, जावा, बोर्नियो, सेलेबस, सुमात्रा, मलाया, थाईलैंड और बर्मा से। आपको और अधिक उत्साह एवं ऊर्जा के साथ जवानों, धन तथा सामग्री की व्यवस्था करते रहना चाहिए, विशेष रूप से आपूर्ति और परिवहन की समस्याओं का संतोषजनक समाधान होना चाहिए। हमें मुक्त किए गए क्षेत्रों के प्रशासन और पुनर्निर्माण के लिए सभी श्रेणियों के पुरुषों और महिलाओं की जरूरत होगी। हमें उस स्थिति के लिए तैयार रहना चाहिए, जिसमें शत्रु किसी विशेष क्षेत्र से पीछे हटने से पहले निर्दयता से घर-फूँक नीति अपनाएगा तथा नागरिक आबादी को अपने शहर या गाँव खाली करने के लिए मजबूर करेगा, जैसा उन्होंने बर्मा में किया था। सबसे बड़ी समस्या युद्धभूमि में जवानों और सामग्री की कुमुक पहुंचाने की है। यदि हम ऐसा नहीं करते तो हम मोर्चो पर अपनी कामयाबी को जारी रखने की आशा नहीं कर सकते, न ही हम भारत के आंतरिक भागों तक पहुँचने में कामयाब हो सकते हैं।

"आपमें से उन लोगों को, जिन्हें आजादी के बाद देश के लिए काम जारी रखना है, यह कभी नहीं भूलना चाहिए कि पूर्वी एशिया, विशेष रूप से बर्मा, हमारे स्वातंत्र्य संघर्ष का आधार है। यदि यह आधार मजबूत नहीं है तो हमारी लड़ाकू सेनाएँ कभी विजयी नहीं

होंगी। याद रखिए कि यह एक संपूर्ण युद्ध है, केवल दो सेनाओं के बीच युद्ध नहीं है। इसलिए, पिछले पूरे एक वर्ष से मैंने पूर्व में संपूर्ण सैन्य संगठन पर इतना जोर दिया है। मेरे यह कहने के पीछे कि आप घरेलू मोर्चे पर और अधिक ध्यान दें, एक और भी कारण है। आने वाले महीनों में मैं और मंत्रिमंडल की युद्ध समिति के मेरे सहयोगी युद्ध के मोर्चे पर और भारत के अंदर क्रांति लाने के लिए भी, अपना सारा ध्यान केंद्रित करना चाहते हैं। इसीलिए हम इस बात को पूरी तरह सुनिश्चित करना चाहते हैं कि आधार पर हमारा कार्य हमारी अनुपस्थिति में भी सुचारू रूप से और निर्बाध चलता रहे। साथियों एक वर्ष पहले, जब मैंने आपके सामने कुछ मांगें रखी थीं, तब मैंने कहा था कि यदि आप मुझे संपूर्ण सैन्य संगठन दें तो मैं आपको एक एक दूसरा मोरचा दूंगा। मैंने अपना वह वचन निभाया है। हमारे अभियान का पहला चरण पूरा हो गया है। हमारी विजयी सेनाओं ने निप्पोनीज सेनाओं के साथ कंधे से कंधा मिलाकर शत्रु को पीछे धकेल दिया है और अब वे हमारी प्रिय मातृभूमि की पवित्रा धरती पर बहादुरी से लड़ रही हैं।

"अब जो काम हमारे सामने हैं, उन्हें पूरा करने के लिए कमर कस लें। मैंने आपसे जवानों, धन और सामग्री की व्यवस्था करने के लिए कहा था। मुझे वे सब भरपूर मात्रा में मिल गए हैं। अब मैं आपसे कुछ और चाहता हूँ। जवान, धन और सामग्री अपने आप विजय या स्वतंत्रता नहीं दिला सकते। हमारे पास ऐसी प्रेरक शक्ति होनी चाहिए, जो हमें बहादुर व नायकोचित कार्यों के लिए प्रेरित करें। सिर्फ इस कारण कि अब विजय हमारी पहुँच में दिखाई देती है, आपका यह सोचना कि आप जीते-जी भारत को स्वतंत्र देख ही पाएंगे, आपके लिए एक घातक गलती होगी। यहाँ मौजूद लोगों में

से किसी के मन में स्वतंत्रता के मीठे फलों का आनंद लेने की इच्छा नहीं होनी चाहिए। एक लंबी लड़ाई अब भी हमारे सामने है। आज हमारी केवल एक ही इच्छा होनी चाहिए – मरने की इच्छा, ताकि भारत जी सके, एक शहीद की मौत की इच्छा, जिससे स्वतंत्रता की राह शहीदों के खून से बनाई जा सके। साथियों, स्वतंत्रता के युद्ध में मेरे साथियों! आज मैं आपसे एक ही चीज माँगता हूँ, सबसे ऊपर मैं आपसे अपना खून मांगता हूँ। यह खून ही उस खून का बदला लेगा, जो शत्रु ने बहाया है। खून से ही आजादी की कीमत चुकाई जा सकती है। तुम मुझे खून दो और मैं तुम से आजादी का वादा करता हूँ।"

नेताजी ने रानी लक्ष्मीबाई रेजिमेंट के नाम से महिलाओं की भी एक पलटन बनाई। डॉ. लक्ष्मी उस टुकड़ी की कमांडर थी। नीरा लक्ष्मीबाई रेजिमेंट में भर्ती हो गई और अपनी योग्यता के कारण उन्हें कैप्टन बनाया गया। क्वालालंपुर के मैदान में फिर एक सभा हुई। वहाँ नेताजी ने एक जोशीला भाषण दिया। लगभग तीस हजार लोगों को संबोधित करते हुए नेताजी ने कहा, "माताओं और बहनों अपने कर्म से आप सिद्ध कर दें कि महिलाएँ भी अपनी चपलता से आसमान को भी कंपा देने वाली विद्युतलता बन सकती हैं। चांद बीबी, अहिल्याबाई, रजिया सुल्ताना, झाँसी की रानी जैसी महिलाओं ने भारत के गौरवशाली इतिहास का निर्माण किया है। आजाद हिंद फौज में भर्ती होने के लिए मैं सबको निमंत्रण देता हूँ।"

नेताजी के उत्प्रेरक भाषण के बाद आजाद हिंद सेना को दान देने वालों का ताँता लग गया। वहाँ एक लड़की छाया चित्रकार थी। उसने अपने झुमके नेताजी को दे दिए और स्वयं भी झाँसी रानी रेजिमेंट में भर्ती हो गई। इस प्रकार नेताजी के आह्वान पर बहुत

लोगों ने धन देश के लिए न्यौछावर कर दिया और भारत माँ के चरणों में अपने प्राणों की आहुति देने के लिए आजाद हिंद फौज में भर्ती हो गये।

21 अक्टूबर 1943 को अन्ततः सुभाषचन्द्र बोस ने सिंगापुर में आजाद भारत की अस्थायी सरकार की घोषणा कर दी। जापान, जर्मनी, इटली, चीन आदि विभिन्न देशों की सरकारों ने आजाद हिंद सरकार की स्वतंत्र सत्ता को एकमत से स्वीकार किया। इस सरकार ने अपनी मुद्रा का भी प्रकाशन किया।

नेताजी सैनिकों के बीच में ही रहते थे। अपने बीच में सुभाष को देख सैनिक भगवान रामचंद्र का युग स्मरण करने लगे। ऐसा पहली बार हुआ था कि भारत का सर्वोच्च नेता आजादी की जंग का नेतृत्व स्वयं कर रहा था। उस रात नेताजी ने देर रात तक अपने अधिकारियों से विचार-विमर्श किया और फिर अपने तंबू में सोने के लिए चले गये। उस दिन नेताजी के तंबू की सुरक्षा का दायित्व रानी लक्ष्मीबाई रेजिमेंट के ऊपर था। नेताजी की सुरक्षा के लिए नीरा को भी तैनात किया गया था।

नीरा की तैनाती तंबू के पीछे की ओर थीं। हाथ में रायफल लिए वह बड़ी ही होशियारी के साथ अपने कर्तव्य का पालन कर रही थी। रात के करीब दो बजे होंगे। सारे सैनिक गहरी निद्रा में सोए हुए थे। स्वयं नेताजी भी गहरी निद्रा में देश की आजादी के सपने देख रहे थे। संतरी भी इधर-उधर लुढ़के पड़े थे, केवल नीरा ही ऐसी वीर सैनिक थी, जो अपने फर्ज को सही ढंग से अंजाम दे रही थी। अमावस्य की काली रात। हल्की-हल्की हवा सायं-सायं करती हुई बह रही थी। घुप्प अंधेरा।

"ठहरो," नीरा ने अपने से थोड़ी दूर एक परछाई को आते देखा तो उसने सावधानी के साथ कहा, "वहीं रुक जाओ और अपना कोड वर्ड बताओ।"

"मैं गुप्तचर हूँ, इसी वक्त नेताजी को बहुत अहम् जानकारी देनी है।" उस परछाई ने कहा।

नीरा को आवाज कुछ जानी पहचानी लगी, लेकिन जब परछाई उसके और करीब आई, तो वह चीख पड़ी, "श्रीकांत तुम?"

"हाँ मैं," श्रीकांत ने कहा, "मुझे तुम्हारे नेताजी को परलोक पहुँचाना है?"

"देखो मैं कहती हूँ चले जाओ, नहीं तो...।"

"तुम कुछ नहीं कर सकती," श्रीकांत ने कहा, "क्योंकि तुम भारतीय नारी हो और इसीलिए भारतीय नारी न तो अपने पति को कैद करवा सकती है और न ही पति की हत्या!"

"देखो, मैं सावधान करती हूँ, यदि एक कदम भी आगे बढ़ाया तो मुझसे बुरा कोई नहीं होगा।"

"और अगर मैंने नेताजी को परलोक नहीं पहुँचाया तो मेरी नौकरी तो जाएगी ही, कैद मिलेगी सो अलग।"

"तुम आजाद हिंद फौज में भर्ती हो जाओ, यह दुनिया की सबसे बड़ी नौकरी होगी।"

"दुनिया की सबसे बड़ी नौकरी," श्रीकांत ने कटाक्ष किया, "अंग्रेजी बागियों का साथ देकर काले पानी जाना है क्या?"

"काला पानी भी किसी तीर्थ से कम नहीं है!"

"बकवास बंद करो और मुझे अपना काम करने दो।" कहकर श्रीकांत ने जैसे ही नेताजी के तंबू में घुसने की कोशिश की तो

नीरा ने उसकी बगल में रायफल घुसेड़ते हुए कहा, "हे! ईश्वर इस पतिहंता को क्षमा करना।"

परंतु श्रीकांत भी बड़ा ही सावधान था। उसने अपने को संभालते हुए अपनी रिवॉल्वर की दो गोलियाँ नीरा के माथे पर दागकर उसकी बिंदी और माथे का सिंदूर हमेशा-हमेशा के लिए मिटा दिया।"

जयहिंद कहती हुई नीरा नश्वर शरीर छोड़कर स्वर्गधाम जा चुकी थी, लेकिन घायल श्रीकांत नेताजी के तंबू में घुस पाता, उससे पहले ही नेताजी जाग गये थे और अन्य संतरी भी आ गए थे।

"इसे गिरफ्तार कर लो" नेताजी ने सुरक्षाकर्मियों को आदेश दिया और फिर नीरा के मृतक शरीर के माथे पर हाथ रखते ही उनकी आँखों से अश्रुधारा बह चली, "बहन तुमने मातृभूमि का ऋण चुका दिया है। दिल्ली पहुँचकर लालकिले पर शहीदों की स्मृति में जो नामपट लगाया जाएगा, उसमें सबसे पहले आपका और आपके गाँव का नाम अंकित किया जाएगा...जयहिंद! तुम तो साधारण नारी नहीं शेरनी निकली।" और कहते हैं कि नेताजी ने नीरा की वीरता से प्रभावित होकर ही अपने ध्वज में संशोधन करके उस पर शेरनी मादा बाघ का चित्र अंकित किया था।

द्वितीय विश्व युद्ध के दौरान सन 1942 में भारत को अंग्रेजों के कब्जे से स्वतन्त्र कराने के लिए आजाद हिन्द फौज या इन्डियन नेशनल आर्मी नामक सशस्त्र सेना का संगठन किया गया, तो लोगों को आशा बंध गई थी अब आजादी दूर नहीं है। आरम्भ में इस फौज में उन भारतीय सैनिकों को लिया गया था, जो जापान द्वारा युद्धबन्दी बना लिये गये थे। बाद में इसमें बर्मा और मलाया में स्थित भारतीय स्वयंसेवक भी भर्ती किये गये। एक वर्ष बाद सुभाष चन्द्र बोस ने जापान पहुँचते ही जून 1943 में टोकियो रेडियो से

घोषणा की कि अंग्रेजों से यह आशा करना बिलकुल व्यर्थ है कि वे स्वयं अपना साम्राज्य छोड़ देंगे। हमें भारत के भीतर व बाहर से स्वतंत्रता के लिए स्वयं संघर्ष करना होगा। इससे गद्‌गद होकर रासबिहारी बोस ने 4 जुलाई 1943 को 46 वर्षीय सुभाष को इसका नेतृत्व सौंप दिया। 5 जुलाई 1943 को सिंगापुर के टाउन हाल के सामने सुप्रीम कमाण्डर के रूप में सेना को सम्बोधित करते हुए दिल्ली चलो! का नारा दिया और जापानी सेना के साथ मिलकर ब्रिटिश व कॉमनवेल्थ सेना से बर्मा सहित इम्फाल और कोहिमा में एक साथ जमकर मोर्चा लिया।

21 अक्टूबर 1943 के सुभाष बोस ने आजाद हिन्द फौज के सर्वोच्च सेनापति की हैसियत से स्वतन्त्र भारत की अस्थायी सरकार बनाई जिसे जर्मनी, जापान, फिलीपाइन, कोरिया, चीन, इटली, मान्चुको और आयरलैंड ने मान्यता दे दी। जापान ने अंडमान व निकोबार द्वीप इस अस्थायी सरकार को दे दिये। सुभाष उन द्वीपों में गये और उनका नया नामकरण किया। अंडमान का नया नाम शहीद द्वीप तथा निकोबार का स्वराज्य द्वीप रखा गया। 30 दिसम्बर 1943 को इन द्वीपों पर स्वतन्त्र भारत का ध्वज भी फहरा दिया गया। 4 फरवरी 1944 को आजाद हिन्द फौज ने अंग्रेजों पर दोबारा भयंकर आक्रमण किया और कोहिमा, पलेल आदि कुछ भारतीय प्रदेशों को अंग्रेजों से मुक्त करा लिया।

6 जुलाई 1944 को उन्होंने रंगून रेडियो स्टेशन से गान्धी जी के नाम जारी एक प्रसारण में अपनी स्थिति स्पष्ट की और आजाद हिन्द फौज द्वारा लड़ी जा रही इस निर्णायक लड़ाई की जीत के लिये उनकी शुभकामनाएँ माँगीं।

22 सितम्बर 1944 को शहीदी दिवस मनाते हुए सुभाष बोस ने

अपने सैनिकों से मार्मिक शब्दों में कहा, "हमारी मातृभूमि स्वतन्त्रता की खोज में है। तुम मुझे खून दो, मैं तुम्हें आजादी दूँगा। यह स्वतन्त्रता की देवी की माँग है।" किन्तु दुर्भाग्यवश युद्ध का पासा पलट गया। जर्मनी ने हार मान ली और जापान को भी घुटने टेकने पड़े। ऐसे में सुभाष को टोकियो की ओर पलायन करना पड़ा और कहते हैं कि हवाई दुर्घटना में उनका निधन हो गया। यद्यपि उनका सैनिक अभियान असफल हो गया, किन्तु इस असफलता में भी उनकी जीत छिपी थी। निस्सन्देह सुभाष उग्र राष्ट्रवादी थे। उनके मन में फासीवादी अधिनायकों के सबल तरीकों के प्रति भावनात्मक झुकाव भी था और वे भारत को शीघ्रातिशीघ्र स्वतन्त्रता दिलाने हेतु हिंसात्मक उपायों में आस्था भी रखते थे। इसीलिए उन्होंने आजाद हिन्द फौज का गठन किया था। यद्यपि आजाद हिन्द फौज के सेनानियों की संख्या के बारे में थोड़े बहुत मतभेद रहे हैं, परन्तु ज्यादातर इतिहासकारों का मानना है कि इस सेना में लगभग चालीस हजार सेनानी थे। इस संख्या का अनुमोदन ब्रिटिश इंटेलिजेंस में रहे कर्नल जीडी एण्डरसन ने भी किया है। जब जापानियों ने सिंगापुर पर कब्जा किया था तो लगभग 45 हजार भारतीय सेनानियों को पकड़ा गया था।

आजाद हिन्द फौज के गुमनाम शहीदों की याद में सिंगापुर के एस्प्लेनेड पार्क में आईएनए वार मेमोरियल बनाया गया था। आजाद हिन्द फौज के सुप्रीम कमाण्डर सुभाष चन्द्र बोस ने 8 जुलाई 1945 को इस स्मारक पर जाकर उन अनाम सैनिकों को अपनी श्रद्धांजलि अर्पित की थी। बाद में इस स्मारक को माउण्टबेटन के आदेश पर ब्रिटिश साम्राज्य की सेनाओं ने ध्वस्त करके सिंगापुर शहर पर कब्जा कर लिया था। इस स्मारक पर आजाद हिन्द फौज के तीन

ध्येयवाचक शब्द – इत्तेफाक (एकता), एतमाद (विश्वास) और कुर्बानी (बलिदान) लिखे हुए थे। सन् 1995 में सिंगापुर की राष्ट्रीय धरोहर परिषद (नेशनल हैरिटेज बोर्ड) ने वहाँ निवास कर रहे भारतीय समुदाय के लोगों के आर्थिक सहयोग से इण्डियन नेशनल आर्मी की बेहद खूबसूरत स्मृति पट्टिका उसी ऐतिहासिक स्थल पर फिर से स्थापित कर दी। इसकी देखरेख का काम सिंगापुर की सरकार करती है। लेकिन यहाँ या लाल किले में आज तक नीरा या उसके गाँव का नाम नहीं। नीरा के बलिदान को आज सारा देश भूल चुका है।

बाघ संरक्षण

विश्व की बाघों की कुल आबादी का 60 फीसदी हिस्सा भारत में ही रहता है। गति और शक्ति का प्रतीक बाघ हमारा राष्ट्रीय पशु भी है। ऐसे में इसको देखने का शौक तो होना स्वाभाविक ही है। देश में सरकार ने 38 टाइगर रिजर्व घोषित किए हुए हैं। मध्य प्रदेश में स्थित बांधवगढ़ अपने राष्ट्रीय उद्यान के लिए प्रसिद्ध है और यहाँ की खासियत बाघ हैं। यहाँ पर्यटक रॉयल बंगाल टाइगर, तेंदुए, चीतल, सांभर और भी कई प्रजातियों को देख सकते हैं।

यद्यपि विगत 1,000 साल से बाघ का शिकार किया जाता रहा है, फिर भी 20वीं सदी के शुरू में जंगलों में रहने वाले बाघों की संख्या 1,00,000 आंकी गई थी। इस सदी के अवसान पर ऐसी आशंका थी कि विश्व भर में केवल 5,000 से 7,000 बाघ बचे हुए हैं। आज तक बाघों का महत्त्व विजयचिह्न और महंगे कोटों के लिए खाल के स्रोत के रूप में था। बाघों को इस आधार पर भी मारा जाता था कि वे मानव के लिए खतरा हैं। 1970 के दशक में अधिकतर देशों में शौकिया शिकार पर प्रतिबंध लगा दिया गया तथा बाघ की खाल

का व्यापार गैर कानूनी बना दिया गया। 1980 के दशक में बाघों की गणना से पता चला कि उनकी संख्या बढ़ रही है और ऐसा लगा कि संरक्षण प्रयास सफल हो रहे हैं और उनके विलुप्त होने का कोई खतरा नहीं है। किंतु स्थिति ऐसी नहीं थी, जैसी दिखाई देती थी। बाघ के अंगों, खोपड़ी, हड्डियों, गलमुच्छ, स्नायुतंत्र और खून को लंबे समय से एशियाई लोग, विशेष रूप से चीनी, औषधि और शक्तिवर्द्धक पेय बनाने में इस्तेमाल करते रहे हैं, जिसका गठिया, मूषक दंश और विभिन्न बीमारियों को ठीक करने, ताकत बहाल करने और कामोत्तेजक के रूप में उपयोग किया जाता है। जब तक बाघ के शिकार पर प्रतिबंध नहीं लगा था। उसके शरीर के इन भागों की कभी कमी नहीं रही। लेकिन 1980 के दशक के अंत में इन अंगों

के भंडार खत्म हो रहे थे और ऐसे सबूत थे कि इनको पाने के लिए तब भी बाघों को मारा जा रहा था। सावधानीपूर्वक की गई गणना से पता चला कि कर्मचारियों ने, जिनकी गैरकानूनी शिकारियों से साठगांठ थी या जो उच्चाधिकारियों को खुश करने के लिए उत्सुक थे, पहले की गणना को बढ़ा-चढ़ा कर पेश किया था। इसी समय गैरकानूनी शिकार की खबरें तेजी से बढ़ रही थीं तथा बाघ के अंगों का अवैध व्यापार फल-फूल रहा था और आपूर्ति में कमी के कारण इनकी कीमतें और अधिक हो गई थीं। कभी-कभी अपराधी को पकड़ा जाता था और बरामद माल को नष्ट किया जाता था, जिसका अत्यधिक प्रचार भी किया जाता था। वास्तव में तस्करों को रोकने के लिए बहुत कम प्रयास किए गए और कई देशों में चीनी औषधि विक्रेताओं के पास शक्तिवर्धक पेय अब भी उपलब्ध हैं।

प्रतिबंधित देश

सरकारों पर उन देशों के खिलाफ प्रतिबंध लगाने के लिए दबाव डाला गया, जो बाघ के अंगों के व्यापार को समाप्त करने के लिए समुचित उपाय करने में विफल रहे। संरक्षणकर्ताओं ने यह विश्वास करते हुए कि संयुक्त राज्य अमरीका द्वारा दंडात्मक उपाय की धमकी ही परिवर्तन लाने में मदद करेगी, तत्कालीन राष्ट्रपति बिल क्लिंटन के प्रशासन से कार्रवाई करने का आग्रह किया और अप्रैल 1994 में उन्होंने ऐसा किया भी। ताइवान से करीब 2 करोड़ 50 लाख डॉलर सालाना मूल्य के वन्य जीव उत्पादों के आयात पर प्रतिबंध लगा दिया गया। कुछ सरकारों ने सहयोग का प्रयास किया। मार्च 1994 में भारत ने बाघों को बचाने के एक संगठित प्रयास के तहत 10 राष्ट्रों के 'विश्व 'बाघ मंच' की पहली बैठक बुलाई।

गैर कानूनी शिकार बंद हो जाने के बावजूद बाघ के लिए खतरा समाप्त नहीं होगा। भारत में, जहाँ सबसे अधिक संख्या में बाघ रहते हैं। तेजी से बढ़ती जनसंख्या की अधिक भूमि की आवश्यकता के कारण बाघों के आवास और भोजन आपूर्ति में कमी आ रही है। इसके बावजूद प्रकृति के प्रति वास्तविक सम्मान कायम है और बाघों को बचाने के लिए भारत पहले ही बड़ी राशि खर्च कर चुका है। आशा है कि शायद मानव और बाघ सहअस्तित्व जारी रखने के लिए कोई रास्ता ढूँढ निकालेंगे।

बाघ परियोजना

बाघ परियोजना की शुरुआत 7 अप्रैल 1973 को हुई थी। इसके तहत शुरू में 9 बाघ अभ्यारण्य बनाए गए थे। आज इनकी संख्या बढ़कर 32 हो गई है। सरकारी आकड़ों के अनुसार वर्तमान में 1411 बाघ बचे हुए हैं। बाघ परियोजना केन्द्र प्रायोजित योजना है। वैज्ञानिक, आर्थिक, सौंदर्यपरक, सांस्कृतिक और पारिस्थितिकीय दृष्टिकोण से भारत में बाघों की वास्तविक आबादी को बरकरार रखने के लिए तथा हमेशा के लिए लोगों की शिक्षा व मनोरंजन के हेतु राष्ट्रीय धरोहर के रूप में इसके जैविक महत्व के क्षेत्रों को परिरक्षित रखने के उद्देश्य से केंद्र द्वारा प्रायोजित बाघ परियोजना वर्ष 1973 में शुरू की गई थी।

राष्ट्रीय बाघ संरक्षण प्राधिकरण तथा बाघ व अन्य संकटग्रस्त प्रजाति अपराध नियंत्रण ब्यूरो के गठन संबंधी प्रावधानों की व्यवस्था करने के लिए वन्यजीव (संरक्षण) अधिनियम 1972 में संशोधन किया गया। बाघ अभयारण्य के भीतर अपराध के मामलों में सजा को और कड़ा किया गया। वन्यजीव अपराध में प्रयुक्त किसी

भी उपकरण, वाहन अथवा शस्त्र को जब्त करने की व्यवस्था भी अधिनियम में की गई है। सेवानिवृत्त सैनिकों और स्थानीय कार्यबल तैनात करके 17 बाघ अभ्यारण्यों को शत-प्रतिशत अतिरिक्त केंद्रीय सहायता प्रदान की गई। मुख्यमंत्री की अध्यक्षता में राज्य स्तरीय संचालन समिति का गठन किया गया और बाघ संरक्षण फाउंडेशन की स्थापना की गई। संसद के समक्ष वार्षिक लेखा परीक्षा रिपोर्ट रखी गई। अभ्यारण्य प्रबंधन में संख्यात्मक मानकों को सुनिश्चित करने के साथ-साथ बाघ संरक्षण को सुदृढ़ करने के लिए 4-9-2006 से राष्ट्रीय बाघ संरक्षण प्राधिकरण का गठन किया गया। वन्यजीवों के अवैध व्यापार को प्रभावी ढंग से नियंत्रित करने के लिए पुलिस, वन, सीमा शुल्क और अन्य प्रवर्तन एजेंसियों के अधिकारियों से युक्त एक बहुविषयी बाघ तथा अन्य संकटग्रस्त प्रजाति अपराध नियंत्रण ब्यूरो (वन्यजीव अपराध नियंत्रण ब्यूरो), की स्थापना 6-6-2007 को की गई थी। आठ नए बाघ अभ्यारण्यों की घोषणा के लिए अनुमोदन स्वीकृत हो गया है। बाघ संरक्षण को और अधिक मजबूत बनाने के लिए राज्यों को बाघ परियोजना के संशोधित दिशानिर्देश जारी कर दिए गए हैं। जिनमें चल रहे कार्यकलापों के साथ ही बाघ अभ्यारण्य के मध्य या संवेदनशील क्षेत्र में रहने वाले लोगों के संबंधित ग्राम पुनर्पहचान/पुनर्वास पैकेज (एक लाख रुपए प्रति परिवार से दस लाख रुपए प्रति परिवार) को धन सहायता देने, परंपरागत शिकार और मुख्यधारा में आय अर्जित करने तथा बाघ अभ्यारण्य से बाहर के वनों में वन्यजीव संबंधी चीता और बाघों के क्षेत्रों में किसी भी छेड़छाड़ को रोकने संबंधी रक्षात्मक रणनीति को अपना कर बाघ कोरीडोर संरक्षण का सहारा लेते हुए समुदायों के पुनर्वास/पुनर्स्थापना संबंधी कार्यकलाप शामिल हैं। बाघों का अनुमान

लगाने के लिए एक वैज्ञानिक तरीका अपनाया गया। इस नये तरीके से अनुमानतया 93697 कि.मी. क्षेत्र को बाघों के लिए संरक्षित रखा गया है। उस क्षेत्र में बाघों की संख्या अनुमानतया 1411 है, अधिकतम 1657 और नई वैज्ञानिक विधि के अनुसार न्यूनतम 1165 है। इस अनुमान/आकलन के नतीजे भविष्य में बाघों के संरक्षण की रणनीति बनाने में बहुत उपयोगी सिद्ध होंगे। भारत ने चीन के साथ बाघ संरक्षण संबंधी समझौता किया है। इसके अलावा वन्यजीवों के अवैध व्यापार के बारे में सीमापार नियंत्रण और संरक्षण के संबंध में नेपाल के साथ एक समझौता किया है। बाघ संरक्षण संबंधी अंतर्राष्ट्रीय मुद्दों पर चर्चा के लिए बाघ पाए जाने वाले देशों में एक ग्लोबल टाइगर फोरम का गठन किया गया है।

बाघ की केवल पाँच जातियाँ शेष

1999 के आकलन के अनुसार, बाघ की शेष पाँच जातियों की संख्या इस प्रकार है –

भारतीय बाघ - 3,000 से 4,550

सुमत्राई बाघ - 400 से 500

भारत-चीनी बाघ - 1,200 से 1,700

दक्षिणी चीन का बाघ - 20 से 30

एमूर बाघ - 360 से 400

इस प्रकार 20वीं सदी के अंत में विश्व भर में बाघों की कुल संख्या 4,000 से 7,500 के बीच होने का अनुमान था।

तीन दशक पहले बाघों की घटती संख्या पर गंभीर चिंता व्यक्त की गई थी और धीरे-धीरे सभी देशों ने इस जानवर की सुरक्षा के उपाय किए, जिनमें अलग-अलग हद तक सफलता मिली। बाघ को

अपने आवासीय इलाके में कानूनी सुरक्षा प्राप्त है, लेकिन सब जगह कानून कारगर ढंग से लागू नहीं हो रहा है। भारत ने, जहाँ बाघों की आधी संख्या पाई जाती है, इसे राष्ट्रीय पशु घोषित किया है और 1973 में महत्त्वाकांक्षी बाघ परियोजना शुरू की, जिसके तहत चुने हुए बाघ आरक्षित क्षेत्रों को विशिष्ट दर्जा दिया गया और वहाँ विशेष संरक्षण प्रयास किए गए।

नेपाल, मलेशिया और इंडोनेशिया ने कई राष्ट्रीय उद्यान और अभयारण्य स्थापित किए हैं, जहाँ इस जानवर की कारगर ढंग से रक्षा की जाती है। थाइलैंड, कंबोडिया और वियतनाम भी ऐसी ही कार्रवाई कर रही हैं। चीन एकमात्र ऐसा देश है, जहाँ बाघ की तीनों उपप्रजातियाँ हैं, जिनमें सबसे अधिक संकटापन्न दक्षिण चीन का बाघ है, वह भी बाघ के संरक्षण पर विशेष ध्यान दे रहा है, रूस एवं सुदूर पूर्व में, जहाँ गैरकानूनी शिकार ने एमूर बाघ के लिए गंभीर खतरा पैदा कर दिया है, सतत प्रयास और कारगर गश्त से इसकी संख्या में बढ़ोतरी हुई है। बाघ की स्थिति ने व्यापक सहानुभूति जगाई है और इसके संरक्षण के लिए काफी पैसा मिला है। वर्ल्ड वाइल्ड फंड फॉर नेचर (डब्ल्यू. डब्ल्यू.एफ.) पथ प्रदर्शक और सबसे बड़ा अंशदाता रहा है, लेकिन एक्सॉन एवं कई अन्य संगठनों ने भी बड़ा योगदान किया है। द कनवेंशन ऑन इंटरनेशनल ट्रेड इन एन्डेंजर्ड स्पीशीज (साइटेस) को बाघ के उत्पादों के गैरकानूनी व्यापार पर नियंत्रण का काम सौंपा गया है बाघ को बचाने के लिए संयुक्त प्रयासों में समन्वय के लिए विश्व बाघ मंच की स्थापना की गई है।

एशिया में पाए जाने वाले इस राजसी प्राणी के भविष्य पर मनुष्य की काली नजर बहुत पहले से पड़ चुकी है। प्रकृति के इस भव्य, ताकतवर, अद्‌भुत और शाही प्राणी को बचाने के लिए अब तक

जितनी भी योजनाएँ बनीं, उन्हें ठीक से पालन नहीं करने से और लगातार बढ़ती मानव जनसंख्या से जंगलों पर इतना दबाव पड़ रहा है कि कमोवेश हर क्षेत्र में जंगल पिछले एक दशक में अपनी वास्तविक सीमाओं से 47 प्रतिशत तक सिकुड़ चुके हैं। भारत और चीन जैसे ज्यादा आबादी वाले देशों में तो स्थिति भयावह हो चुकी है।

एशिया में बाघों की कुल नौ प्रजातियाँ हैं, जिनमें से अब पाँच ही शेष बताई जाती हैं, इन्हें क्षेत्र के आधार पर बांटा गया है। इसमें साइबेरियन बाघ, जो रूस के सुदूर और दुर्गम साइबेरिया के बर्फीले जंगलों में अब शायद सिर्फ 450 के करीब बचे हैं। रॉयल बंगाल टाइगर, जो भारत, नेपाल, बांग्लादेश और म्यांमार के जंगलों में पाया जाता है। इनकी संख्या कुल 1800 के आस-पास है। बंगाल टाइगर की सबसे निकटतम प्रजाति है, इंडोचाइनीज टाइगर, जो कभी लाओस, वियतनाम, कम्बोडिया और मलेशिया में पाया जाता था। इनकी संख्या अब सिर्फ 300 बची है। इसके अलावा मलय टाइगर जो थाइलैंड और मलेशिया में पाया जाता है। यह अब सिर्फ 500 बचे हैं जिनमें से अधिकतर मानव निर्मित पशु शिविरों में पाए जाते हैं।

इसके अलावा सुमात्रा टाइगर, जो सुमात्रा द्वीप समूह में पाया जाता है। इसकी संख्या अब 400 बताई जा रही है। हिंद महासागर में बसे जावा और बाली द्वीपों में पाए जाने वाले जावा टाइगर और बाली टाइगर, जो आकार में सबसे छोटे माने जाते थे, अब विलुप्त मान लिए गए हैं। किसी जमाने में उत्तर एशिया में मंगोलिया से लेकर कजाकिस्तान, अफगानिस्तान, तुर्कमेनिस्तान, ईरान, इराक से लेकर तुर्की तक पाया जाने वाला कैस्पियन टाइगर भी अब विलुप्त हो चुका है।

अवैध कारोबार के शिकार

चीन में वर्ष 2010 में टाइगर वर्ष मनाया गया और दुर्भाग्यपूर्ण बात यह है कि इस कारण से इस वर्ष बाघ के अंगों की मांग में जबरदस्त इजाफा हुआ है। एक रिपोर्ट के अनुसार मध्य एशिया और चीन में बाघ के लिंग की कीमत 80,000 डॉलर प्रति 10 ग्राम है, बाघ की खाल 10,000 से लेकर 1,00,000 डॉलर तक, बाघ की हड्डियाँ 9,000 डॉलर प्रति किलो तक बिक जाती है। हृदय और अन्य आंतरिक अंगों की कीमत भी हजारों लाखों में है, इसके बावजूद खरीदारों की कोई कमी नहीं है।

चीनी मान्यता के अनुसार मनाए जाने वाले टाइगर इयर में सभी को हर साल इस विलक्षण प्राणी को बचाने की कोशिश करनी चाहिए, वरना आने वाले सालों में बाघ भी ड्रैगन की तर्ज पर किस्से-कहानियों में देखा-पढ़ा जाएगा।

देश में सिर्फ 1411 बाघ ही बचे हैं, यह गिनती सही है या गलत इस पर सवाल उठाया जा सकता है पर यह सच है कि हमारे देश के जंगलों व अभयारण्यों में तस्करों द्वारा किये गए अवैध शिकार के चलते बाघों की संख्या में तेजी से गिरावट आई है और यही हाल रहा तो वो दिन दूर नहीं जब बाघ सिर्फ चिड़ियाघरों तक ही सीमित हो जायेंगे। हमारे नन्हे ब्लॉगर आदि की आशंका भी निराधार नहीं कि अगली बार बाघ चिड़ियाघर में भी देखने को ना मिले। बाघों को शिकारियों के शिकार से बचाने के लिए सरकार भी इतने सुरक्षा कर्मी जंगलों में तैनात नहीं कर सकती जो इन शिकारियों पर अंकुश लगा सके। इसके लिए हमें जंगल के आस-पास रहने वाले ग्रामीणों के सामने ही बाघ की महत्ता के उदाहरण पेश उन्हें समझाना होगा

कि बाघ उनके खेतों से दूर जंगल में रह कर भी कैसे उनकी खेतों में कड़ी फसल की रखवाली कर सकता है और इस असंतुलन से बचने के लिए जंगल में बाघ का होना हमारे लिए कितना जरूरी है।

पिछली सदी में 39 हजार बाघ विलुप्त

एक अनुमान के मुताबिक सौ साल पहले भारत में बाघों की संख्या 40,000 थी। राष्ट्रीय बाघ संरक्षण अथॉरिटी के अनुसार सन् 2002 के सर्वेक्षण में जहाँ बाघों की संख्या 3500 आंकी गई थी, वहीं 2008 में यह घटकर 1411 हो गई है। यानी कि अब भारत में मात्र 1411 बाघ बचे हैं। बताया जाता है कि पिछले पांच वर्षों में बाघों की संख्या में भारी गिरावट दर्ज की गई है।

वन्य जीवों के लिए काम करने वालों का मानना है कि साल 2025 तक बाघों के विलुप्त हो जाने का खतरा है। बाघों की कुल आबादी के 40 फीसदी बाघ भारत में पाए जाते हैं। भारत के 17 प्रदेशों में बाघों के 23 संरक्षित क्षेत्र हैं। बाघों का शिकार निम्न कारणों से भी किया जाता है –

- प्रदर्शन और पूजा के लिए खाल सहित बाघ के अंगों को काफी महत्त्वपूर्ण माना जाता है।
- ताबीज के लिए पंजे, दांत और हंसुली।
- अपने दुश्मन को आंत के अल्सर से पीड़ित करने के लिए गलमुच्छ।
- औषधि के लिए रक्त और मूत्र।
- शक्तिवर्द्धन और पराक्रम के लिए मांस।
- संभोग शक्ति के लिए शिश्न।
- सबसे महत्त्वपूर्ण यह है कि औषधि एवं चीनी शराब के लिए

हड्डियाँ इस्तेमाल की जाती हैं। एक अच्छी खाल की कीमत 15,000 डॉलर तक हो सकती है। एक किग्रा हड्डियाँ 250 डॉलर में बेची जा सकती हैं।

भारत की प्रशंसा

अमेरिका के एक वन्यजीव संरक्षण संस्थान ने लुप्त प्रायः बाघों के संरक्षण के लिए भारत की 'बेमिसाल प्रतिबद्धता' की तारीफ की है। न्यूयॉर्क की वाइल्ड लाइफ कंजर्वेशन सोसायटी (डब्ल्यूसीएस) ने एशिया की विभिन्न सरकारों को चेतावनी दी है कि लुप्त हो रही प्रजातियों को बचाने का उनका समय तेजी से निकल रहा है। कोरिया के जेजु में आयोजित 'वर्ल्ड कंजर्वेशन कांग्रेस' में संस्था ने 5 सितम्बर, 2012 को कहा, 'भारत ने वर्ष 1972 में प्रोजेक्ट टाइगर की घोषणा के साथ बाघों की जिम्मेदारी ली। ऐसा करके उसने स्पष्ट संदेश दिया कि जंगली बाघों का भविष्य उसके हाथ में है और उनके भविष्य के लिए वह (भारत) पूरी तरह जिम्मेदार होगा।'

संस्था ने कहा कि समस्याएँ और चुनौतियाँ अभी भी मौजूद हैं, लेकिन भारत प्रतिबद्ध है कि बाघों का प्रभावी तरीके से उनके आवासों में संरक्षण होना चाहिए। भारत के राष्ट्रीय बाघ संरक्षण प्राधिकार की ओर से 28 मार्च, 2011 को जारी बाघ गणना रिपोर्ट के मुताबिक बाघों की संख्या कम से कम 1,571 और अधिक से अधिक 1,875 है।

देश में बाघों की संख्या बढ़ गई है। वर्ष 2006 में इनकी संख्या 1411 थी, जो 21 फीसदी बढ़कर 1706 हो गई है। बाघों की ताजा गणना में ये आँकड़े सामने आए। तत्कालीन पर्यावरण मंत्री जयराम रमेश ने 2013 में देशभर के बाघों की संख्या से जुड़े आंकड़े तीन

दिवसीय इंटरनेशनल बाघ कॉन्फ्रेंस में जारी किए थे। उन्होंने कहा था कि बाघों की संख्या में इजाफा एक अच्छी खबर है। हालाँकि उन्होंने स्वीकार किया कि 2009 और 2010 में बाघों की मृत्यु दर सामान्य से अधिक रही। कैमरा ट्रैप विधि से डेढ़ साल से अधिक उम्र के 615 बाघों के फोटोग्राफ खींचे गए हैं। मध्य भारत में बाघों पर हमले की घटना में कमी आई है। खासकर आंध्र प्रदेश व मध्य प्रदेश के गलियारे में।

बाघ संरक्षण के लिए भारत ने कई कदम उठाए हैं। वन्यजीवों के अवैध व्यापार को प्रभावी ढंग से नियंत्रित करने के लिए पुलिस, वन, सीमा शुल्क और अन्य प्रवर्तन एजेंसियों के अधिकारियों से युक्त

एक बहुविषयी बाघ तथा अन्य संकटग्रस्त प्रजाति अपराध नियंत्रण ब्यूरो (वन्यजीव अपराध नियंत्रण ब्यूरो), की स्थापना 6-6-2007 को की गई थी।

आठ नए बाघ अभ्यारण्यों की घोषणा के लिए अनुमोदन स्वीकृत हो गया है। बाघ संरक्षण को और अधिक मजबूत बनाने के लिए राज्यों को बाघ परियोजना के संशोधित दिशानिर्देश जारी कर दिए गए हैं। बाघों के संरक्षण के लिए प्रयास तो बहुत किए जा रहे हैं, अब इन्हें पिंजरे में बंद करके रखना भी प्रतिबंधित कर दिया गया है और जंगलों में इनके भोजन की प्रर्याप्त व्यवस्था की जाती है। जिन पशुओं का ये शिकार करते हैं, वे बाघों के क्षेत्र में उपलब्ध कराए जाते हैं। सरकार बाघों को बचाने के लिए हर संभव प्रयास कर रही है, लेकिन ग्रामीणों और किसानों के सहयोग के बिना यह संभव नहीं है।

बाघों का अनुमान लगाने के लिए एक वैज्ञानिक तरीका अपनाया गया। इस नये तरीके से अनुमानतया 93697 कि.मी. क्षेत्र को बाघों के लिए संरक्षित रखा गया है। उस क्षेत्र में बाघों की संख्या अनुमानतया 1411 है, अधिकतम 1657 और नई वैज्ञानिक विधि के अनुसार न्यूनतम 1165 है। इस अनुमान/आकलन के नतीजे भविष्य में बाघों के संरक्षण की रणनीति बनाने में बहुत उपयोगी सिद्ध होंगे।

भारत ने चीन के साथ बाघ संरक्षण संबंधी समझौता किया है। इसके अलावा वन्यजीवों के अवैध व्यापार के बारे में सीमापार नियंत्रण और संरक्षण के संबंध में नेपाल के साथ एक समझौता किया है। बाघ संरक्षण संबंधी अंतर्राष्ट्रीय मुद्दों पर चर्चा के लिए बाघ पाए जाने वाले देशों में एक ग्लोबल टाइगर फोरम का गठन किया गया है।

प्रोत्साहन

देश में बाघों के संरक्षण में योगदान देने वाले लोगों को सम्मानित करके प्रोत्साहन भी दिया जाता है। इसी संदर्भ में भारत की राजधानी नई दिल्ली में 27 नवम्बर 2012 को विज्ञान, चिकित्सा और पर्यावरण के क्षेत्र में नवाचार परियोजनाओं को अमलीजामा पहनाने के लिए पाँच विजेताओं को रोलेक्स पुरस्कार से सम्मानित किया गया था। इन पाँच विजेताओं में रूसी नगर व्लादिवस्तोक से एक पर्यावरणविद् सेर्गेय बेरेजनियूक भी शामिल थे।

सेर्गेय बेरेजनियूक अमूर बाघों के संरक्षण के लिए एक कार्यक्रम को कार्यरूप देने के लिए जिम्मेदार हैं। सेर्गेय बेरेजनियूक चुटकी लेते हुए बताते हैं कि यह तो शायद सितारों की कृपा कि मैं बाघों की सुरक्षा के काम में लगा हुआ हूँ। बात दरअसल यह है कि यह रूसी पर्यावरणविद् व्लादिवस्तोक भी टाइगर स्ट्रीट, यानी बाघों की गली में पैदा हुए थे।

अपनी पैतृक भूमि प्रीमोरिए की प्रकृति के लिए प्यार और उसके संरक्षण कार्यों में भाग लेने की उनकी इच्छा उन्हें, इंजीनियरिंग विश्वविद्यालय के एक स्नातक को, 1990 के दशक में 'बाघों की रक्षा' नामक एक स्थानीय राजकीय संगठन में काम करने के लिए खींच लाई।

विलुप्त हो रहे जानवरों की रक्षा करने के लिए अंतर्राष्ट्रीय कार्यक्रमों में सक्रिय रूप से भाग लेने की इच्छा से सेर्गेय बेरेजनियूक और उनके कुछ मित्रों और सहयोगियों ने 'फीनिक्स' नामक एक संस्था की स्थापना की थी।

यह संस्था अब 15 साल पुरानी है। इस संस्था का मुख्य कार्य

बाघों की रक्षा के लिए उनके गैर-कानूनी शिकार के खिलाफ लड़ना है और बच्चों को पर्यावरण संबंधी शिक्षा प्रदान करना है। इस सिलसिले में सेर्गेय बेरेजनियूक ने कहा कि हम अवैध शिकारियों के खिलाफ लड़ाई केवल उस हालत में ही जीत सकते हैं, अगर हम अपने बच्चों को प्रकृति के साथ सद्भाव से रहने और उसके साथ अपने संबंधों की जटिलता को समझने में सक्षम बनाएँगे। हम व्लादिवस्तोक, मास्को, न्यूयॉर्क और लंदन में रहनेवाले लोग दूर से एक बाघ के सौंदर्य और शक्ति की प्रशंसा तो करते हैं, लेकिन बाघों की किस्मत का फैसला इन बड़े-बड़े नगरों में नहीं, बल्कि बाघों के निवास-स्थान पर, यानी जंगलों में ही किया जाता है।

उनका कहना है कि अमूर के बाघों के भाग्य का फैसला सुदूर-पूर्व के जंगलों से घिरे छोटे-छोटे गाँवों में किया जाता है। हम वहाँ के ग्रामीण स्कूलों में विद्यार्थियों को समझाते हैं कि अगर बाघ लुप्त हो गए तो उनका स्थान भेड़िए ले लेंगे, जो आपका कहीं अधिक नुकसान कर सकते हैं। एक स्वस्थ बाघ आदमी का कोई नुकसान नहीं करता है। वह जंगली सूअरों और हिरणों आदि का शिकार करके अपना पेट भर लेता है।

आजकल रूस के प्रीमोरिए इलाके में केवल 500 के करीब बाघ ही पाए जाते हैं। हाल के दशकों में, अन्य देशों, विशेष रूप से एशियाई देशों में बाघों की संख्या में नाटकीय रूप से कमी आई है। अब पूरी दुनिया में केवल 3000 बाघ रह गए हैं। भारत के बंगाल में भी बहुत कम बाघ रह गए हैं।

दक्षिणी चीन में बाघ केवल चिड़ियाघरों में ही मिलते हैं। कैस्पियन सागर के इलाके और बाली द्वीप पर बाघ पूरी तरह से अलोप हो चुके हैं। बाघों की संख्या में इतनी तेजी से कमी होने का कारण

यह है कि बाघ की खाल बहुत महँगी होती है। उसकी हड्डियों की मांग भी कोई कम नहीं है। बाघ की हड्डियों का कई प्रकार की दवाइयों में उपयोग किया जाता है। लेकिन हमें यह नहीं भूलना चाहिए कि अगर बाघ नहीं रहेगा तो हमारे जंगलों की दशा भी बुरी हो जाएगी। इसलिए 'फीनिक्स' संस्था बाघों की रक्षा के लिए संघर्ष कर रही है।

वह अपनी गतिविधियों में नवीनतम तकनीक और उपकरणों का उपयोग कर रही है, जिनकी सहायता से इस बात का पता लगाया जा सकता है कि बाघ कहाँ हैं और उनके शिकारी कहाँ हैं। इस प्रकार हम बाघों की अधिक विश्वसनीयता से रक्षा कर सकते हैं। सेर्गेय बेरेजनियूक ने बताया कि अभी हाल ही में 'सिंड्रेला' नाम की बाघिन को बचाया गया था और अब उसका पूरा-पूरा ख्याल रखा जा रहा है। रूसी पर्यावरणविद् ने कहा –

यह एक बहुत जवान बाघिन है। जब यह हमें मिली तो वह बहुत कमजोर थी और इसके पंजे ठंड से खराब हो गए थे। अब एक विशेष पुनर्वास केंद्र में उसका इलाज चल रहा है। अब वह पहले से काफी स्वस्थ है। इस काम में मास्को, सेंट-पीटर्सबर्ग और व्लादिवस्तोक से कुछ लोग स्वेच्छा से हमारी मदद कर रहे हैं। हमारी यह कोशिश है कि इस बाघिन को इस काबिल बना दिया जाए कि वह खुद ही जंगल में जीवन बिता सके। आगामी वसंत में हमारा उसे जंगल में छोड़ देने का इरादा है।

रूसी पर्यावरण संस्था फीनिक्स ने अमेरिका, ब्रिटेन और अन्य यूरोपीय देशों में इसी प्रकार के संगठनों के साथ घनिष्ठ संबंध स्थापित किए हुए हैं। सेर्गेय बेरेजनियूक ने बताया कि हमारे अपने भारतीय समकक्षों के साथ भी बहुत अच्छे संबंध हैं।

दिल्ली में 'रोलेक्स' पुरस्कार वितरण समारोह में सेर्गेय बेरेजनियूक के एक पुराने दोस्त विवेक मेनन ने भी हिस्सा लिया था, जो भारतीय वन्यजीव कोष के निदेशक हैं। चीन के साथ मिलकर भी एक बड़ी परियोजना को अमलीजामा पहनाया जा रहा है। बाघों और तेंदुओं को बचाने के लिए रूसी-चीनी सीमा के आर-पार एक संयुक्त आरक्षित प्राकृतिक क्षेत्र स्थापित किया जाएगा, जिसमें 'देवदार सँकरी खाड़ी' और 'तेंदुआ' नामक रूसी आरक्षित क्षेत्रों और चीन के 'हुन्चून' आरक्षित क्षेत्र को शामिल किया जाएगा। इस प्रकार इन दुर्लभ जानवरों के अवैध शिकार और उनकी तस्करी पर अंकुश लगाने के कार्यों में आपसी तालमेल सुनिश्चित किया जाएगा।

सेर्गेय बेरेजनियूक ने रूसी सरकार के इस फैसले का स्वागत किया है कि वर्ष 2014 में अवैध शिकार के लिए दंड और कड़ा कर दिया गया। उन्होंने कहा कि सरकार का यह फैसला अमूर बाघ के संरक्षण के लिए हमारी रणनीति के कार्यान्वयन की दिशा में एक नया कदम है।

यह रणनीति सन् 2010 में सेंट-पीटर्सबर्ग में आयोजित प्रथम विश्व बाघ शिखर-सम्मेलन में अपनाई गई थी। उम्मीद है कि हम वर्ष 2022 में मनाए जानेवाले 'बाघ वर्ष' तक अमूर बाघ की संख्या बढ़ाकर डेढ़ गुना कर देंगे।

'रोलेक्स' पुरस्कार के लिए मिलनेवाली एक लाख अमेरिकी डॉलर से अधिक की धनराशि का 'फीनिक्स' संस्था की जंगली जानवरों को बचाने की रणनीति को कार्यरूप देने के लिए उपयोग किया जाएगा।

वन्य जीव सरंक्षण के लिए बहुत ही ठोस काम करने कि आवश्यकता पूरे विश्व को है, वरन् आने वाले समय में समस्या

बढ़ने वाली है। बहुत ही उम्दा और सार्थक रिपोर्ट सीबीआई प्रमुख रंजीत सिन्हा का कहना है कि भारत के राष्ट्रीय पशु बाघ को शिकार से और इसके परिवार को बचाना काफी चुनौतीपूर्ण है। घृणित अंतरराष्ट्रीय माँग को पूरा करने के लिए बड़े पैमाने पर संगठित शिकार, परिवास क्षेत्र का कम होना वहाँ अनियंत्रित खनन, इलाकों के बीच संपर्क की कमी एवं विकास परियोजनाओं के लिए हमारे वनों पर बढ़ती माँग बाघ संरक्षण के प्रयासों में एक कठिन चुनौती है। उनका कहना है कि वर्तमान में देश भर में 1,706 बाघ 17 विभिन्न राज्य सरकारों के तहत आने वाले 43 अलग-अलग बाघ संरक्षित क्षेत्रों में फैले हुए हैं।

इनका संरक्षण काफी चुनौतीपूर्ण है। कुछ साल पहले सरिस्का बाघ अभयारण्य में बाघों के मारे जाने के मामले में तफ्तीश से जाँच एजेंसी ने इस क्षेत्र में महत्वपूर्ण अनुभव हासिल किया है। बाघों का संरक्षण पारिस्थितिकी तंत्र के संरक्षण जैसा है, लुप्तप्राय पशु को बचाने के लिए सभी देशों की खुफिया और प्रवर्तन एजेंसियों के बीच तालमेल बढ़ाने की जरूरत है।

बाघों की सुरक्षा के बेहतर इंतजाम

राजस्थान के तत्कालीन वन एवं पर्यावरण राज्यमंत्री रामलाल जाट ने 2014 में कहा था कि रणथम्भौर एवं सरिस्का टाइगर रिजर्व में बाघों की सुरक्षा के लिए राज्य सरकार द्वारा गठित संरक्षण फाउण्डेशन बेहतर इंतजाम करेगा। लेकिन अब तक ऐसा हुआ नहीं। जाट ने सरिस्का एवं रणथम्भौर बाघ संरक्षण फाउण्डेशन की बैठक को संबोधित करते हुए कहा था कि इन बाघ रिजर्व क्षेत्रों में प्राकृतिक पर्यावरण की सुरक्षा के साथ ही प्रयास यह भी किए जाएंगे

कि वन्य जीवों को बेहतर वातावरण मिल सके। जाट ने बाघ संरक्षण फाउण्डेशन के अंतर्गत अधिकारियों को आधारभूत ढांचा विकसित किए जाने पर जोर देते हुए यह भी कहा था कि फाउण्डेशन अपने संसाधनों से परिसम्पत्तियों का सृजन करे। साथ ही बाघ संरक्षण क्षेत्रों में इनकी सुरक्षा के लिए बेहतर प्रबंधन करे। पर्यटकों की सुविधा के लिए भी बाघ क्षेत्रों में प्रभावी व्यवस्था की जाए, लेकिन इससे जंगल पर प्रतिकूल प्रभाव नहीं पड़े।

उधर, पन्ना टाइगर रिजर्व के बाघों को अब शिकारियों के अलावा आवारा कुत्तों से जान का खतरा हो गया है। इनसे फैलने वाला डॉग वायरस उनके लिए नया खतरा बनकर सामने आया है। पन्ना टाइगर रिजर्व के क्षेत्र संचालक आर. श्रीनिवासमूर्ति ने बताया, "हमने वेटनरी कॉलेज जबलपुर के साथ मिलकर वन्य प्राणियों में संक्रामक बीमारियों की निगरानी परियोजना शुरू कर दी है।"

उन्होंने हालाँकि यह दावा किया है कि टाइगर रिजर्व में इस समय एक भी बाघ इस वायरस से अभी पीड़ित नहीं है। पन्ना टाइगर रिजर्व में हाल ही शिकारियों का निशाना बनते बाघों पर ड्रोन विमान से नजर रखने की मुहिम चलाई गई थी, लेकिन अब कुत्तों से फैलने वाला वायरस एक नया खतरा बन गया है।

रिजर्व के सूत्रों ने इस बारे में बताया है कि यह खतरनाक वायरस टाइगर रिजर्व के आसपास की बसावटों में पलने वाले आवारा और पालतू कुत्तों की त्वचा में होता है। उन्होंने कहा कि रिजर्व में चार माह पहले एक पागल कुत्ते ने एक बाघ को काट कर जख्मी कर दिया था। जख्मी बाघ को एक बाड़े में रखकर उसे रेबीज के टीके लगाए गए, जिससे वह संक्रमण से बच गया।

श्रीनिवासमूर्ति ने बताया कि कुत्तों से ही फैलने वाले वायरस के

नए पैदा हुए खतरे को देखते हुए बाघों के अस्तित्व को बचाना और भी चुनौतीपूर्ण हो गया है। भारतीय पशु चिकित्सा अनुसंधान संस्थान भी इस वायरस को बाघों के लिए गंभीर खतरा मानता है।

बाघों के अस्तित्व पर आए इस संकट के बाद राष्ट्रीय बाघ संरक्षण प्राधिकरण भी हरकत में आ गया है और उसने हाल ही में राज्यों के टाइगर रिजर्व के आसपास के इलाकों में घूमने वाले पालतू या आवारा कुत्तों के टीकाकरण के निर्देश दिए हैं।

गौरतलब है कि पन्ना टाइगर रिजर्व के भीतर तीन गाँव और पाँच किलोमीटर की परिधि में लगभग 80 गाँव हैं, जिनमें पलने वाले आवारा एवं पालतू कुत्तों का टीकाकरण तत्काल जरूरी है। इसमें देरी से बाघों को इस वायरस से बचाना मुश्किल भी हो सकता है।

मध्य प्रदेश और केन्द्र में करार

लंबी खींचातानी के बाद आखिरकार मध्य प्रदेश सरकार ने बाघ संरक्षण के लिए केन्द्र सरकार के साथ एक करार पर हस्ताक्षर किए हैं। इसके साथ ही अब मध्य प्रदेश को राज्य के छह टाइगर रिजर्व के लिए वित्तीय मदद मुहैया कराई जाएगी। करार पर हस्ताक्षर करने के साथ ही मध्य प्रदेश देश के उन 16 राज्यों में शुमार हो गया है, जिन्होंने पहले ही चालू वित्तीय वर्ष के लिए लुप्त होने की कगार पर आ चुके बाघों के संरक्षण मद में वित्तीय आवंटन करा लिया है।

केन्द्र उन राज्यों को राशि देने में आनाकानी कर रहा था, जो करार के विभिन्न प्रावधानों को स्वीकार नहीं कर पा रहे थे। यह करार तीन पक्ष को पार्टी बनाता है। इसमें केन्द्र, राज्य सरकार और टाइगर रिजर्वों के निदेशक शामिल हैं, जो बाघों के संरक्षण के लिए जिम्मेदार हैं।

हालाँकि 2013 में मध्य प्रदेश की शिवराज सिंह चौहान सरकार ने राष्ट्रीय बाघ संरक्षण प्राधिकरण के माध्यम से केन्द्र के साथ करार पर हस्ताक्षर किए थे। गौरतलब है कि उस समय सरकार ने उन प्रावधानों पर सहमति जताते हस्ताक्षर किए थे, जिसका पहले वह विरोध करती रही थी। बाघों की घटती संख्या सारे देश के लिए चिंता का विषय है।

आदमखोर बाघ

नरभक्षण के अलावा बाघ के किसी और आचरण ने मनुष्य को विकर्षित नहीं किया है। इस मानव शिकार के कई कारण हैं, उम्र व चोट के कारण विकलांगता, शिकार की कमी, माँ से यह आदत सीखना, शावक या शिकार किए जानवर को बचाने या अन्य कारणों से आदमी को मारना और इसके बाद उसे खाना। बाधों की रांख्या में कमी के कारण नरभक्षी बाघ भी दुर्लभ हो गए हैं। केवल पश्चिम बंगाल में सुंदरवन के जंगल इसका अपवाद हैं।

आदमखोर बाघ के आतंक के कारण भी बाघों के शिकार का बहाना मिल जाता है और ऐसी घटनाएँ देश के किसी-न-किसी हिस्से में होती ही रहती हैं।

मैसूर से करीब 80 किलोमीटर दूर, दुनिया के सबसे बड़े बाघ अभयारण्य क्षेत्र बांदीपुर संरक्षित क्षेत्र के आसपास के गाँवों में आदमखोर बाघ का आतंक कई बार सामने आ चुका है।

2014 के मार्च में तो एक बाघ ने तीन लोगों को अपना शिकार बनाया था, जिसके बाद से ही स्थानीय लोगों में भारी गुस्सा था। वन्य अधिकारियों के विशेषज्ञों के दल ने बाघ को आखिरकार पकड़ लिया था।

मैसूर स्थित मुख्यालय के प्रोजेक्ट टाइगर के निदेशक सी. श्रीनिवासन के अनुसार, यूँ तो बाघ बेहोश कर के पकड़ लिया गया था, लेकिन गाँव वालों ने कर्मचारियों को घेर लिया था और बाघ को ले जाने नहीं दे रहे थे।"

इसके पहले स्थानीय बाघ के ना पकड़े जाने से नाराज लोगों ने प्रोजेक्ट टाइगर अभियान के अधिकारियों की कुछ जीपों और वन्य निगरानी के लिए बने बंगलों में लगी सौर ऊर्जा उपकरणों में आग लगा दी थी।

बांदीपुर बाघ अभयारण्य क्षेत्र के संरक्षक एचसी कंठराजू के अनुसार, किसान का शव बरामद हुआ था। हम लोगों ने शव पर बाघ के नाखून के निशान देखे। आदमखोर बाघ के आतंक के चलते आस-पास के 15-20 गाँवों में तनावपूर्ण स्थिति बन गई थी।

आदमखोर बाघ ने 27 नवंबर, 2013 को भी नादाहाडी के वासवा राजू को मार डाला था। इसके दो दिन बाद सेगेवाडीहाडी इलाके में चेलुवा को अपना दूसरा शिकार बनाया। आदमखोर बाघ की तलाश कर रहे अधिकारियों ने जहाँ 30 नवंबर को अपनी तलाश खत्म की थी, वहाँ से दो किलोमीटर आगे बसप्पा को बाघ ने अपना शिकार बनाया।

बांदीपुर बाघ अभयारण्य काफी बड़ा अभयारण्य क्षेत्र है, जो दक्षिण भारत के तीन राज्यों में फैला है। बांदीपुर, नागारहोल, बीआर हिल्स, मधुमलाई और सत्यामांगलम और वेनाद में बाघों की अनुमानित संख्या 300 के आसपास है।

प्रोजेक्ट टाइगर विभाग के निदेशक श्रीनिवासन बताते हैं, "मुख्य वाइल्ड लाइफ वॉर्डन की स्पष्ट अनुमति के बिना हम बाघ पर गोली नहीं चला सकते, यह कानून है।"

जिम कॉर्बेट और बाघ संरक्षण

आज हम सभी लोग जो बाघों के संरक्षण में लगे हैं या फिर इनकी फिक्र करते हैं, वो जिम कॉर्बेट के नाम से भी थोड़े बहुत परिचित हैं। भारत का पहला तथा विश्व प्रसिद्ध बाघ संरक्षण क्षेत्र कॉर्बेट नेशनल पार्क भी उन्हीं के नाम से जाना जाता है। कॉर्बेट नेशनल पार्क जिसकी स्थापना 8 अगस्त 1936 में हुई। उसका नाम हैली नेशनल पार्क रखा गया था। भारत की आजादी के बाद जैसा की सारे भारत में हुआ इस पार्क का नाम भी एक अंग्रेज के नाम से हटा कर (सन 1954 में) रामगंगा नदी के नाम पर रामगंगा नेशनल पार्क कर दिया गया।

जिम कॉर्बेट की मृत्यु तो सन 1955 में हुई, परन्तु भारत में उनके द्वारा बाघ संरक्षण के लिए किये गए प्रयासों को देखते हुए सरकार ने 1957 में पुनः इस पार्क का नाम रामगंगा से कॉर्बेट नेशनल पार्क कर दिया गया।

जिम कॉर्बेट का जन्म गुलाम भारत में 25 जुलाई सन 1875 को नैनिताल में हुआ था, तो एक तरह से वे भारतीय थे। जिम कॉर्बेट ने बेशक शुरू-शुरू में शिकार किया तथा यह उनका शौक था, परन्तु जिस दिन उन्हें लगा की यह एक गलत चीज है, उन्होंने शौकिया शिकार करना छोड़ दिया और केवल हिंसक पशुओं का शिकार करने का प्रण किया।

हम सभी जानते हैं कि उस समय जबकि उत्तराखंड के पहाड़ों में बाघ एवं तेंदुए ने नरभक्षी होकर लोगों का जीवन दूभर कर दिया व स्थानीय शिकारी उनको मारने में नाकाम रहे, तो जिम कॉर्बेट ने अपने जीवन की परवाह न करते हुए इन दुर्गम जगहों में पहुँच कर

इनका शिकार (यद्यपि नरभक्षी को मारने के लिए शिकार शब्द मुझे ठीक नहीं लगता) किया और लोगों को इनसे मुक्ति दिलाई। जिम कॉर्बेट इस सबसे अलग हमेशा ही स्थानीय लोगों की मदद को तैयार रहते थे और इसी वजह से उन्हें गोरा साधू भी कहते थे। बाद के दिनों में उन्होंने बाघों के संरक्षण पर भी बल दिया था।

•••

प्रश्नोत्तरी

1. भारत में बाघों की कितनी प्रजातियाँ पाई जाती है?

   (अ) आठ (ब) दो

   (स) बारह (द) दस

2. भारतीय बाघ का वैज्ञानिक नाम क्या है?

   (अ) कोर्बेटी आर्क (ब) पेंलेरा टाइग्रिस

   (स) पिंगला (द) टाइगर

3. बाघ के बच्चे को क्या कहते हैं?

   (अ) पिल्ला (ब) चिल्ला

   (स) शावक (द) शेर

4. बीसवीं सदी में भारत में कितने बाघ थे?

   (अ) 40 हजार (ब) 200

   (स) 50 हजार (द) 20 हजार

5. आजाद हिन्द फौज के ध्वज में बाघ किस वीरांगना की प्रेरणा से अंकित किया गया?

   (अ) लक्ष्मी बाई (ब) कैप्टन सहगल

   (स) नीरा (द) जीजा बाई

6. देश में कितने टाइगर रिजर्व घोषित हैं ?

(अ) 38 (ब) 100

(स) 51 (द) 500

7. बाघ मंच की पहली बैठक में कितने देशों ने भाग लिया था?

(अ) 20 (ब) 10

(स) 50 (द) 55

8. बाघ परियोजना की शुरुआत कब हुई थी?

(अ) 8 जनवरी 1947 (ब) 7 मार्च 1901

(स) 5 सितंबर 1999 (द) 7 अप्रैल 1973

9. पिछली सदी में कितने बाघ विलुप्त हुए?

(अ) 39 हजार (ब) 100 लाख

(स) 50 हजार (द) 20 हजार

10. जिम कॉर्बेट किन बाघों का शिकार करते थे?

(अ) सुमात्राई बाघों का (ब) नरभक्षी बाघों का

(स) बाघों के बच्चों का (द) बंगार टाइगर का

उत्तर

1. अ 2. अ 3. अ 4. अ 5. ब 6. स 7. द 8. अ 9. स 10. द